「보여주면, 신자가 될 거야?」

신자 0명

Clear the world like a game with the zero believer goddess

여신님과

시작하는

1

이세계 공략

반에서 제일 약한 마법사

노아

(illus.) Tam-U

오사키 아이루

Iele Osaki

신자 0명 여신님과 시작하는 이세계 공략

반에서 제일 약한 마법사

1

오사키 아이루

⟨illust⟩ Tam-U

1. the weakest wizard among my classmates

CONTENTS

✦

——나는 롤플레잉 게임을 좋아한다.

이유를 묻는다면 '좋아하니까' 라고 말할 수밖에 없지만.

다섯 살 생일 선물은 게임기와 게임 소프트였다.

처음 플레이한 건 유명한 횡스크롤 액션 게임이었던가.

그로부터 이것저것 해 보고 가장 빠져든 장르가 롤플레잉 게임이었다.

내가 좋아하는 게임은 용사가 세계를 구하는 이야기로, 제일 마음에 드는 포인트는 용사가 전혀 말을 하지 않는 점이다.

'예', '아니오' 라는 선택지만 고르면 된다. 사람과 대화하는 것이 어려운 나에게는 딱 좋다.

하지만 뭣 때문인지 귀여운 여자 마법사나 승려와 동료가 된단 말이지.

용사는 어떻게 그 여자들과 친해진 걸까? 수수께끼다.

우리 부모님은 맞벌이라 대화가 적고, 밤늦게까지 귀가하지 않는다.

외아들이라서 집에서 대화할 상대가 없다. 저녁밥은 언제나

정크 푸드.

그건 좋아하니까 상관없지만. 몸에 안 좋다고? 몰라.

집밥은 구경한 적이 거의 없으니까.

낯을 가리고 친구가 적은 나는 게임을 할 때가 제일 마음이 편하다.

판타지 세계에서 검을 휘두르고, 마법을 쏘고, 마물을 해치우고, 공주님을 구하고, 영웅이 된다.

그렇게 흔해 빠진 스토리라도, 따분한 현실보다는 훨씬 낫잖아?

만약 가능하다면. 판타지 세계에 흘러들어가 용사가 되고, 그쪽에서 남은 인생을 보내고 싶다. 뭐, 그렇게 멍청한 꿈은 초등학생 때 졸업했다고.

그런데—— 설마 진짜로 이세계에 갈 수 있다니. 심지어…….

"처음 뵙겠어요, 마코토. 내 신자가 되지 않을래요?"

눈앞에 나타난 것은 인간일 수 없는 신비로운 미모의 여신님이었다.

와, 깜짝이야. 왜 나한테 여신님이? 나는 1년이나 수행해도 수습 마법사인데?

"당신에게 기대하는 거예요. 마코토."

기대한다—— 그런 말은 부모님이나 선생님에게도 들은 적이 없었다.

"좋아요, 여신님."

난이도는 '수퍼 하드' 같지만, 게임 중독자의 진짜 힘을 보여주겠어.

자, 이세계. 내가 전부 공략해 주마.

'베스트 엔딩'을 준비해 놓으라고.

1장 타카츠키 마코토, 이세계에 흘러들다

"다들 괜찮아? 옷을 껴입어서 체온을 보존해."

"으으…… 추워."

"더는 못 버텨……."

"선생님, 우리 돌아갈 수 있어요?"

"제길, 왜 구조대가 안 오는 거야!"

담임인 사토 선생님이 어두운 버스 안에서 반 아이들에게 말을 걸고 다닌다.

모두 목소리가 힘이 없고 어둡다.

——어쩌다 이렇게 된 걸까…….

도립 히가시시나가와 고등학교 1학년 A반은 스키 합숙에서 돌아오는 길에 폭설과 맞닥뜨렸다.

그 타이밍에 운 나쁘게 큰 지진이 발생하고, 그 지진이 일으킨 눈사태로 버스가 절벽에서 추락했다. 차체는 눈에 묻혀 주행할 수 없게 되었다.

난방은 꺼졌고, 깨진 창문 틈새에서 끊임없이 찬바람이 들어온다.

눈 속에 갇혀 이미 두 시간 넘게 지났다. 선생님은 곧바로 휴대 전화로 구조를 요청했다. 하지만 사고가 다방면에서 발생해 구조가 난항을 겪고 있었다. 눈보라 탓에 헬리콥터를 띄울 수가 없다고 한다.

'이거…… 망한 거 아니야?'

같은 반 아이들 사이에는 어렴풋이 '이제 끝장인 거 아닐까…….' 하는 분위기가 만연해 있었다.

아무도 입 밖에 내지는 않지만.

──그 와중에.

"타키 공. 이럴 때마저 게임이시오?"

"인생 마지막에는 게임을 플레이하다 죽고 싶거든."

"어떤 때도 흔들리지 않는구려."

"그런가?"

시선은 게임 화면에서 떼지 않고서 옆자리에 있는 친구 후지양과 이야기한다.

춥다. 한기 탓에 손가락이 잘 움직이지 않는다.

"잠깐마안. 타카츠키, 재수없는 소리 하지 마."

통로를 끼고 옆자리에 있는 여자애에게 주의를 받았다.

이 목소리는 사사키인가. 흘끗 보니 추위로 떨고 있다.

"농담이야. 아무것도 안 하는 것도 지루하니까."

"확실히 가만히 있기만 하는 것도 힘들지요오."

곁눈질하니 후지양은 스마트폰으로 미소녀 게임을 플레이하고 있었다.

"후지양도 게임 하잖아."

"소생은 마음에 드는 이벤트 장면을 다시보기하고 있을 뿐이오. 후후, 역시 제일 귀여운 건 이 카논이구려."

화면에서는 눈이 초롱초롱한 고양이 귀 소녀가 미소 짓고 있었다.

"우와……."

사사키가 '밥맛 떨어진다.' 같은 소리를 냈다.

"타키 공은 괜찮으면서 소생한테는 왜 질색하는 거요!"

"별수 없어, 후지양. 여자는 이해할 수 없는 세계야."

"너희도 참. 우리 조난당했거든? 좀 더 위기감을 가지라고."

사사키가 어이없다는 목소리로 혼냈다.

"하지만 사실은 사사도 게임 하고 싶지?"

사사키가 사실은 숨은 게이머라는 걸 나는 알고 있다. 그래서 친해진 거니까. 그게 아니었다면 낯을 가리는 내가 여자애와 이야기하다니 말도 안 되지!

"자, 잠깐. 타카츠키!"

"이제 와서 숨길 필요 없는데."

"카논짱, 하악하악."

후지양, 조금은 자중해 줘.

"여전히 고양이 귀를 좋아하는구나."

"아니오! 고양이 귀만이 아니라, 동물 귀는 모두 존귀하오!"

"철학이 있구나."

나는 모르겠지만.

"어휴, 바보 같은 소리만 하고."

사사가 비웃었다. 응, 확실히 바보 같아.

게임 화면으로 의식을 돌리자(대화하면서 플레이하고 있었다) 배터리는 4분의 1 이하로 떨어져 있었다. 게임 진행도를 생각하면 아슬아슬하게 깰 수 있을 것 같다.

플레이하고 있는 건 최근에 푹 빠진 액션 RPG 게임.

악마에게 고향을 멸망당한 주인공이 복수하기 위해 싸우는 다크 판타지.

주인공의 직업은―― 용사.

숙적인 악마를 해치우면 어둠의 세계의 문이 열리고 흑막인 마왕이 등장하는 조건이 채워진다.

거대한 마룡과 죽음을 관장하는 마녀와 타락한 용사를 물리치면 마지막 던전이 나타난다.

그리고 최종 보스인 마왕이 등장한다. 몇백 번이나 본 동영상. 플레이 시간을 확인한다. 응, 충분하다.

방어력이 높은 마왕은 보통 공격으로 대미지를 줄 수 없다.

그래서 특정 공격 때 카운터를 쓸 필요가 있다.

카운터 타이밍은 셀 수 없을 정도로 반복 연습해서 눈 감고도 맞출 수 있다. 마왕의 HP 게이지를 효율적으로 깎아내고 최후의 일격을 먹인다.

"클리어……."

베스트 레코드. 이 기록은 인터넷에 올리고 싶었는데.

게임 화면에서는 복수를 마친 주인공이 마왕의 옥좌로 나아가 안쪽으로 사라진다.

이번에는 최단 시간 클리어를 노렸기 때문에 노멀 엔딩이다.

세계는 평화로워졌지만 마왕을 물리친 주인공을 아는 자는 아무도 없다.

세계를 구하고도 아무에게도 축복받지 않는다. 쿨하네.

참고로 제일 좋아하는 엔딩은 주인공이 마왕이 되는 거다.

'그걸 한 번 더 보고 싶었는데.'

문득 주위를 둘러보자 소란스러웠던 반 아이들이 조용했다.

'어떻게 된 거지?'라고 생각하는데, 급격하게 졸음이 몰려들었다.

옆자리의 후지양에게 말을 건다.

"후지양?"

대답이 없다. 그냥 시체인 것 같다. 어, 진짜냐고…….

반대편에 있는 사사키는 얼굴을 숙이고 있어서 안 보인다. 축 늘어져 움직이지 않는다.

"사사? 사사키 아야 씨?"

역시 대답이 없다. 게임 화면은 엔딩 중간에 전원이 끊어졌다.

'졸려.'

내 수명도 슬슬 다할 것 같다. 짧은 인생이었구나…… 하아.

──다시 태어나면, 용사로 해 주세요.

그런 바보 같은 생각을 하면서 눈을 감자 의식이 훅 멀어졌다.

◇

──눈을 떴다.

"여기는……?"

둘러보니 버스 안은 아니다.

"병원……은 아닌 것 같은데……."

콘크리트가 아니라 돌로 된 천장과 벽. 대리석인가? 내가 누워 있던 곳은 딱딱하고 간소한 침대로, 얇은 모포가 덮여 있었다. 창문이 열려 있는지 외풍이 느껴진다. 조금 으슬으슬하다.

저세상에 춥다는 감각이 있는지는 모르겠지만, 나는 아직 살아있을 거다.

조금 떨어진 곳에 커다란 창문이 있다. 바깥이 밝다.

"벌써 낮인가……."

합숙에서 돌아오는 길은 밤이었으니 한나절 이상 잠들어 있었다는 뜻인가.

"그런데, 설산에서 체력을 잃은 사람을 방치하는 게 어딨어."

투덜투덜 혼잣말을 하면서 비틀비틀 창문으로 다가갔다. 바깥 모습을 보고 싶다.

이때까지 나는 멍해진 머리로 분명 조난에서 구조된 거라고 생각하고 있었다. 이상한 장소에 누워 있었구나 하는 정도의 기분이었다.

창가에 서서 바깥을 보았다. 그곳에 펼쳐져 있는 풍경에 말문이 막혔다.

"어⋯⋯?"

눈앞에 펼쳐진, 그 광경은——.

일본 같지 않은 깊은 녹색 숲. 광대한 호수. 그 뒤편에 알프스 같은 광대한 산맥.

호수 위를 일곱 빛깔의 날개를 가진 신기한 새가 유유히 날고 있다. 호반에서는 공룡 같은 생물이 물을 마시고 있다.

건물 앞에는 마차가 몇 대 서 있고, 마차를 모는 사람은 도마뱀 머리이거나 개와 비슷한 얼굴을 하고 있는 자가 있었다.

"수인(獸人)⋯⋯?"

뭐⋯⋯야? 저건.

마차를 끄는 것은 타조보다 커다란 새다.

커다란 도마뱀 같은 생물도 있다.

"할리우드 영화야 뭐야⋯⋯."

목소리가 떨렸다.

"자, 모두, 쏘세요!"

""""파이어 애로우!!""""

창 아래를 보자 아이들이 운동장 같은 광장에 일렬로 서 있다. 로브 같은 것을 입고 일제히 손에서 불화살을 쏘았다.

불화살이 과녁에 명중하고 폭발한다. 남은 재가 연기의 꼬리를 코끝에 실어왔다. 나무가 타는 냄새가 의식을 되돌린다. 이거, 꿈이 아니야?

"아⋯⋯."

이건, 그건가. 만화나 애니메이션에서 본 적 있어.

――여기는, 다른 세계다.

'우선 누군가 아는 사람을 찾자.'

비틀거리며 문 쪽으로 갔다. 문 너머의 복도는 희미한 빛이 비추고 있었다. 멀리서 사람이 대화하는 듯한 목소리가 들린다. 으음, 아래층인가?

천천히 돌계단을 내려가 뻑뻑한 문을 열었다.

문 너머의 방은 그저 넓은 공간으로, 익숙한 반 아이들의 얼굴이 드문드문 보인다.

'다행이다. 혼자가 아니었어.'

"오, 타카츠키. 드디어 일어났군."

"여, 여어."

누구에게 말을 걸지 망설이고 있는데 먼저 말을 걸렸다.

반 친구인 키타야마인가. 양아치 같은 녀석으로 누구에게나 허물없이 군다.

"타키 공, 몸은 괜찮으시오?"

"다행이다. 무사했구나, 후지양."

"걱정했소. 다른 애들보다 한나절 넘게 오래 잠들어 있었으니 말이외다."

"어, 내가 그렇게 오래 잤어?"

"어, 그래. 애들이 이제는 눈을 안 뜨는 거 아니냐고 말했었다니까. 하하하."

밝게 웃는 키타야마.

"하하……."

우, 웃을 수가 없어.

"으음, 다들 여기서 뭐 하고 있어?"

"아아! 놀랄걸, 타카츠키. 여기 이세계래! 장난 아니지."

아아, 역시. 그 풍경을 보고 다른 세계란 걸 알았지만.

이세계인가. 등에 땀이 배는 것이 느껴진다.

내 마음도 모르고 밝은 키타야마가 어깨를 퍽퍽 두드린다.

양아치들은 왜 바디 랭귀지가 많은 걸까. 아프거든요?

"여기는 물의 신전이라는 이름의 시설이라는구려. 우리가 정신을 잃은 뒤 여기서 보호해 준 모양이오."

"헤에, 물의 신전……."

확실히 내부 모습은 신전 같다.

"그래서 말인데, 타카츠키의 스테이터스하고 스킬을 들으러 가자고."

키타야마가 친한 척 어깨동무를 했다.

"스테이터스? 스킬?"

"아무래도 우린 이 세계에 왔을 때 신기한 힘을 얻은 것 같소. 소생은 [수납(특급)], [감정(특급)]이라는 스킬을 가지고 있다고 하더구려."

"나는 [용기사(상급)] [창술(상급)] [빨리 달리기]라고!"

"헤, 헤에."

갑자기 그렇게 말해도 잘 모르겠어. 하지만 어쩐지 대단해 보인다.

"저쪽 방에서 자기 스킬과 스테이터스를 가르쳐 준다오."

후지양은 안쪽 문을 가리켰다.

"고마워, 가 볼게. 그런데 정신을 차린 건 내가 마지막이야?"

그렇게 묻자 후지양과 키타야마의 얼굴이 조금 흐려졌다.

"반 아이들 모두가 산 건 아니야. 나머지는……."

"나머지는……?"

둘의 표정과 목소리가 어둡다. 뭐지?

"우리 반에서 몇 명은 행방불명인 모양이오……."

"어?"

다시 둘러보니 여기 있는 사람은 우리 반의 3분의 2 정도인가.

나는 반에서 친구가 거의 없지만, 그래도 1년 동안 함께 지낸 급우다.

가능하다면 모두 무사하길 바랐다. 그러고 보니.

"후지양. 사사키는?"

"사사키 공은 여기에는 없소……."

"어…… 뻥이지?"

버스에서 가까운 자리에 앉아 직전까지 대화했으니까 분명 무사할 줄 알았는데.

하지만 확실히 모습이 보이지 않는다.

"그렇……구나……."

마지막에 무슨 이야기를 했더라. 고양이 귀 이야기? 그게 마지막 대화인가. 좀 더 괜찮은 이야기를 했으면 좋았을걸. 미안해, 사사…….

"낙심하지 마, 타카츠키. 우리가 운이 좋았던 거야. 내 친구도 몇 명은 여기 없으니까……."

어깨에 손을 얹고 위로의 말을 건네는 키타야마. 후지양과 마찬가지로 괴로운 얼굴을 하고 있다.

키타야마는 친구가 많으니까. 무리해서 밝게 행동하는 걸지도 모르겠다.

"하지만 살았다고 해서 우리도 안심할 수는 없다오."

"어, 왜?"

보호받고 있는 거 아니야?

"여기 시설은 우리처럼 친인척이 없는 사람을 보호해 주는 듯하지만, 언젠가는 자립해야 하는 모양이오. 그리고 여기는 마물이 횡행하는 이세계. 우선 자신의 능력을 파악해야 하오."

음, 그런가. 하지만 확실히 계속 보호해 주지는 않겠지. 금전 문제 같은 것도 있을 테고.

조난되었다가 살아남았다는 사실에 안도했지만, 이제부터가 큰일인가.

이세계에서 집으로 돌아갈 수 있을지도 알 수 없고. 그나저나 마물은 뭔지 궁금하네. 게다가 스테이터스니 스킬이니 하는데 잘 모르겠고.

여러 가지로 배워야 한다. 뭣보다 중요한 것이.

"말은 통해?"

"그것이 이 신전의 굉장한 부분이라오! 이 신전에는 이세계 언어 자동번역 마법이 걸려 있다오."

"헤에, 자동번역. 그거 편리하네."

"그래서 이곳에 이세계인을 데려오는 거래."

확실히 언어를 모르면 말이 안 되지, 말 그대로.

그런데 자동번역 마법이라. 이세계 엄청 발달했네!

"다만, 이 신전을 나갈 때는 이세계의 말을 배워야 하오."

"아, 그렇습까."

세상이 그리 호락호락하지 않네요. 이야기하는 사이에 커다란 문 앞에 도착했다.

"스킬 이야기는 개인적인 정보라 혼자서 듣도록 되어 있는 듯하오."

"타카츠키~ 나중에 어떤 스킬인지 가르쳐 줘."

키타야마가 히죽 웃으며 어깨를 두드렸다.

"그럼, 다녀올게."

나는 문을 두드리고 방에 들어갔다.

"실례합니다."

방에 들어가자 풍채가 좋은 신부 같은 사람이 커다란 책상 앞에 앉아 있었다. 옆에 수녀 차림의 날씬한 미녀가 서 있다.

싱글싱글 웃는 신부님과 쿨뷰티 수녀님이다.

"안녕하세요, 이세계에서 오신 분. 저는 이곳의 신부입니다. 몸은 어떠십니까."

"처음 뵙겠습니다, 타카츠키라고 합니다. 몸은…… 나쁘지 않은 것 같아요."

"그렇군요. 안 좋아지면 바로 알려 주세요. 그런데 친구들에게 이 장소에 대해서는 들으셨습니까?"

"조금은요."

"과연, 그렇군요. 그럼 설명하지요. 갑작스러운 일이라 놀랄지도 모르겠지만, 이곳은 당신이 있던 세계와는 다른 세계입니다. 가족과 만나지 못해 불안하시겠지요. 하지만 안심하십시오. 우리는 당신들이 자립할 수 있을 때까지 최대 1년간은 무상으로 지원합니다."

그건 아까 후지양에게 들었지.

"으음, 우리는 원래 세계로 돌아갈 수 없나요?"

신부님의 표정이 흐려졌다.

어라? 이상한 소리를 한 건가.

"그 이야기를 듣지 못하셨군요. 타카츠키 씨, 당신은 이 세계에 오기 전에 죽음에 직면했었지요?"

"어, 예. 맞아요. 설산에서 조난을 당했어요."

"그렇겠지요. 그건 친구분들과도 같을 겁니다. 그리고 이세계에 오는 사람의 조건은 바로 원래 세계에서 죽는 것입니다!"

"어?"

이봐 잠깐, 진짜야? 그럼, 난 죽었다는 뜻이야?

경악한 표정을 짓는 나를 보고 신부님이 싱긋 웃었다.

"하지만 안심하십시오. 성신(聖神)님께서는 아주 자애로우십니다. 젊은 나이로 세상을 떠나기 전에 여러분을 이 세계로 전이해 주신 겁니다!"

신부님은 거창한 포즈를 취했다. 어쩐지 익숙한 느낌이다.

"허, 허어. 그렇군요."

즉 그 말인가. 결국 나는 죽지 않았다는 뜻인가.

"참고로, 원래 세계로 돌아간다는 것은 당신이 죽어 버린다는 것을 의미합니다. 그건 곤란하시겠죠." 웃는 얼굴의 신부님.

"네, 네에, 그렇죠." 라고밖에 말할 수 없었다.

"그럼 살아가기 위해서 긍정적인 이야기를 하지요. 스킬 이야기는 들으셨습니까?"

"으음, 아까 친구한테서 조금요. 하지만 자세한 건 몰라요."

"좋습니다. 그렇다면 알려드리지요. 당신은 이 세계에 왔을 때 [고유] 스킬을 받았을 겁니다. 구체적으로는 [마법사] 스킬과 [검사] 스킬이 유명하지요. 스킬이 강한지 약한지에 따라 앞으로의 인생이 좌우된다 해도 좋겠지요!"

"오오…… 그건 진짜 중요하겠네요."

후지양과 키타야마의 말로도 스킬이 중요하다고 했었지.

"그리고 스테이터스. 이세계인인 여러분은 일반인보다 뛰어난 스테이터스를 가지고 있는 경우가 많습니다!"

"그, 그런가요?"

"예에, 우리 같은 일반인과 비교하면 열 배 이상인 경우도!"

그건 금시초문이다.

"제 스킬과 스테이터스는 어떤가요?"

"후후후, 서두르지 마십시오. 이제부터 그걸 조사하지요. 자네, 그걸 가져오게."

"네, 신관장님."

지금까지 말없이 옆에 서 있던 수녀님이 신부님에게 무슨 종이를 건넨다.

"이것은 당신의 스킬과 스테이터스를 판별하기 위한 [소울북]이라는 아이템입니다."

"호, 호오."

침을 꿀꺽 삼킨다. 굉장해 보이는 아이템이 나왔다.

"그렇게 긴장하지 않아도 됩니다. 이쪽의 여신상 앞에서 기도해 주십시오."

"네."

이런 느낌인가? 여신의 석상 앞에서 기도하는 포즈를 취했다.

"기대되는군요. 이세계의 여러분은 훌륭한 스테이터스와 스킬의 은총을 받았으니까요."

그렇게 말하는 목소리가 들렸다. 그렇게 일이 좋게 잘 풀리려나?

신부님의 기대치가 꽤나 높다. 얼마 안 있어 몸 주위를 희미한 빛이 감쌌다. 그리고 신부님이 들고 있던 종이가 빛을 발했다.

"당신의 스킬과 스테이터스가 판명되었습니다."

신부님이 엄숙하게 고했다. 두근거리기 시작했다.

"당신의 유니크 스킬은 [명경지수], [물 마법 초급]…… 마지막으로 [RPG 플레이어]라고 쓰여 있군요."

오오, 마법 스킬이다! 그런데 초급인가. 그리고 이름이 이상한 스킬이 있는데.

"이건 강한 스킬인가요?"

"음. 마지막 스킬은 처음 듣지만, 앞의 두 개는 보통이군요."

보통이냐.

"그리고, 스테이터스 말입니다만……."

신부님이 의아한 얼굴을 했다.

"이거, 뭔가 잘못된 거 아닌가?"

신부님이 수녀님에게 종이를 보여주고 있다.

"그럴 리가 없습니다. 왜 그러십니까?"

"봐봐, 여기. 이 수치는……."

소울 북을 본 수녀님이 의아한 얼굴을 했다.

"확실히 다른 이세계인 여러분과 비교하면 수치가 낮군요. 하지만 우리와 비교하면…… 그래도 낮네요."

어? 뭐라고?

"저기요. 제 스테이터스에 무슨 문제라도……?"

"아뇨아뇨! 괜찮습니다. 타카츠키 씨, 아무래도 당신의 스테이터스는 다소…… 부족할지도 모르지만, 걱정하실 필요는 없어요."

신부님은 여전히 미소 짓고 있다. 하지만 조금 전과 비교하면 딱딱한 미소다. 신부님이 기대한 바가 아니었다는 뜻인가.

그렇게 노골적인 태도는 충격인데요…….

"그럼, 그다음 설명을 부탁해도 되겠나?"

"알겠습니다, 신관장님."

수녀님이 고개를 숙였다.

"그럼, 타카츠키 군. 힘내시게."

신관장은 느릿느릿 방에서 나갔다.

이곳에 수녀님과 단둘이 남게 되었다.

"그럼 타카츠키 씨의 [소울 북]에 관해 설명하겠습니다. 이걸 봐 주세요."

받아든 책자를 보자 내 이름과 연령, 조금 전 들은 스킬과 스테이터스 [근력], [체력], [마력] 등이 기재되어 있었다. 수치만 봐서는 어느 정도인지 모르겠다.

그리고 몹시 신경 쓰이는 항목이 있었다.

——[수명] 앞으로 10년 0일

하아?! 어? 뭐, 뭐야 이게!

"저, 저기. 이 [수명]이라는 건요?"

나, 이제 10년 후면 죽는 거야? 아니, 저기. 농담이 심하잖아.

"설명 드리죠. 우리 세계에서는 [소울 북]으로 자신의 수명을 알 수 있습니다."

"어, 어째서 제 수명이 10년밖에 안 돼요!"

나는 지금 15살이다. 25살에 죽는다는 거야?

"이세계인은 모두 10년으로 동일합니다."

"그런…… 거예요?"

즉, 후지양과 키타야마도 모두 10년이라는 뜻인가. 뭐라 말할 수 없는 기분이지만 모두가 똑같다고 듣자 조금 흥분이 가라앉았다. 하지만 너무 짧잖아.

"이 수명은 성신님께 [공헌]치를 바쳐서 늘릴 수 있습니다."

"예? 수명을 늘릴 수 있는 건가요?"

"네, 가능합니다."

그, 그런가. 조금 안심했다. 그 방법을 들어야겠어.

"성신님께 [공헌]하려면, 구체적으로 뭘 하면 돼요?"

수명을 늘리는 방법을 알고 싶다. 10년만 살고 죽는 건 제발 참아 줘.

"여러 가지 방법이 있지만, 가장 빠른 길은 교회에 기부하는 겁니다."

기부? 기부라면 즉.

"도, 돈이요?"

"네, 돈입니다."

"돈으로 수명을 살 수 있는 건가요?"

"네, 살 수 있습니다."

굉장한데. 아무래도 이 세계는 돈으로 수명을 살 수 있는 모양이다.

완전 날로 먹는구나, 이세계는.

"하지만 수명을 몇 년이나 늘릴 만큼 기부하려면 막대한 금액이 필요합니다. 타카츠키 씨는 이쪽 세계의 돈을 가지고 있지 않으니 이 방법은 현실적이지 않겠지요."

확실히 지금의 나는 빈털터리다.

"그러네요……. 그 밖에는 어떤 방법이 있죠?"

"두 번째 방법은 '사람에게 해를 끼치는 마물을 해치우는 것'과 '재해로 곤경에 처한 사람을 구하는 것'을 꼽을 수 있습니다."

"아하."

이쪽은 알기 쉽다. 요컨대 사람들을 도우면 된다는 건가.

"알겠습니다. 사람들을 돕기 위해서는 스킬을 써야겠군요."

"네, 맞습니다. 그러면 스킬에 대해 설명하지요. 타카츠키 씨의 유니크 스킬은 세 개. [명경지수], [물 마법 초급], [RPG 플레이어]네요."

"이것들은 어떤 스킬인가요?"

"각각의 스킬 설명이 [소울 북]에 쓰여 있습니다."

으음, 이건가.

[명경지수]······평상심을 유지하는 스킬. 이것만 있으면 강한 마물에게 습격당해도 당황하지 않고 행동할 수 있어! 잘됐네!

[물 마법 초급]······초급 물 마법을 쓸 수 있는 스킬이야. 당신이 보유한 마력량이 적으니까 초급인 건 어쩔 수 없어! 열심히 수행하렴!

[RPG 플레이어]······RPG 게임을 플레이하는 사람의 시점을 이용할 수 있는 스킬이야. 360도로 둘러볼 수 있어! 이세계인밖에 가질 수 없는 유니크 스킬이야! 럭키!

이 문장 쓴 사람, 기운이 넘치네! 취한 거 아니야? 행운의 여신 님답지만.

스킬 사용 시의 세세한 주의점 등도 쓰여 있었다. 나중에 자세히 읽어두자.

"스킬에 관해선 대충 이해했어요. 앞으로는 어떡하면 되죠?"

"당신들 같은 이세계인 여러분은 1년간 무상으로 물의 신전의 시설을 이용하고 수업을 받을 수 있습니다. 그때까지 자신에게 맞는 직업을 정하는 게 좋겠지요."

수녀님이 무표정하게 설명했다.

"으음, 참고로 제 경우엔 어떤 직업을 추천하세요?"

"……."

왜 말이 없지?

"이 물의 신전에서는 다양한 직업을 갖기 위한 수업을 진행하고 있습니다. 우선 다양한 수업에 출석해 자신에게 맞는 직업을 선택하는 게 좋겠지요."

추천 없는 거야? 현재로선 잘 맞는 직업이 없다는 뜻인가.

별수 없지, 감으로 여러 가지를 시험해 볼까. 프리 시나리오라고 생각하면 되나.

그런데 초기 스테이터스가 너무 낮다고요.

"알겠습니다. 그럼 수업을 받는 법을 가르쳐 주세요. 그리고 이곳의 생활 규칙도요."

"그건 이쪽 매뉴얼에 전부 나옵니다."

두꺼운 책을 건네받았다. 표지에 『물의 신전 매뉴얼(이세계인 용)』이라고 쓰여 있다.

오오…… 준비성이 좋은걸.

"그럼, 모르는 점이 있으면 근처에 있는 신전 사람에게 물어보세요."

수녀님이 웃지도 않고 말했다. 이야기는 끝난 모양이다.

마지막까지 쿨한걸, 수녀님.

문밖에서 후지양과 키타야마가 기다리고 있었다.

"어떠셨으려나? 타키 공."

"으음, 어째 미묘한 결과였어."

"타카츠키, 좀 보자."

"아, 잠깐만?!"

키타야마에게 [소울 북]을 빼앗겼다.

"이런, 스테이터스 너무 낮은 거 아니야? 흐음, 확실히 강해 보이는 스킬은 없네."

키타야마는 흥미를 잃은 듯했다. 이 자식! 멋대로 본 주제에 말투가 그게 뭐야!

입 밖으로 내진 못하지만 마음속으로 불평했다.

그건 그렇고 역시 내 스킬과 스테이터스는 약한 건가.

"타카츠키는 역시 게임 오타쿠라서 그런지 스킬이 이상하네. 뭐, 힘내라고."

위로할 생각인지 어깨를 탁탁 두드린다.

"이봐, 타카츠키의 스킬 있잖아."

그리고 반 아이들에게 내 스킬을 떠들기 시작했다. 개인 정보라는 의식은 없어?

"키타야마 씨, 남의 스킬을 멋대로 다른 사람에게 말해선 안돼요."

수녀님이 주의를 주었다. 다행이다.

"후지양의 스킬은 어떤 느낌이야?"

나는 내 [소울 북]을 보면서 후지양에게 물어보았다.

"[수납(특급)] 스킬은 아이템을 자유롭게 넣고 뺄 수 있는 능력이군요. [특급]은 제법 많은 물건을 수납할 수 있는 모양이오. [감정(특급)]은 발견한 아이템의 품질을 볼 수 있는 능력이지요."

"헤에."

편리할 것 같다. 그때 후지양이 목소리를 낮췄다.

"실은 아까 이야기하지 않았지만 이런 스킬도 받았소만."

후지양이 [소울 북]을 보여주었다.

"[미연시 플레이어]?"

어쩐지 내 스킬과 이름이 좀 비슷한 것 같은데.

"어떤 능력인데?"

"사람과의 대화를 문자 정보로 읽을 수 있는 스킬 같군요. 그리고 대화 로그를 저장, 열람할 수 있지요."

"확실히 미소녀 게임엔 그런 기능이 있지."

"이것도 이세계인의 유니크 스킬이라고 들었소만…… 이 스킬을 남들에게 들키는 건 부끄럽지요."

뭐, 확실히.

"내 [RPG 플레이어]도 비슷해. 게임을 좋아하면 이런 스킬이 되는 건가?"

"글쎄요. 아무튼, 전부 전투에는 도움이 안 되는 스킬뿐이니 소생은 상인을 목표로 하려고 생각하고 있소."

"과연, 견실하구나."

확실히 상인에게 잘 맞을 것 같은 스킬이다.

"타키 공의 스킬은 써 보면 의외로 강력한 스킬일지도 모르오!"

"글쎄."

신관장과 수녀님의 반응으로 보건대, 내 스킬은 꽝일 거다. 하아…… 우울해.

참고로, 신부님이 이세계인이 강하다고 말한 이유를 가르쳐 주었다.

이 세계에는 과거에도 이세계인이 흘러들어온 적이 있었다는데, 모두 하나같이 강한 스테이터스와 스킬을 가지고 있었다고한다. 다시 말해 과거의 실적이란 뜻인가.

"같은 이세계인인데 왜 내 스테이터스만 구린 걸까?"

나중에 수녀님이 근처를 지나가기에 물어보았다. 반 아이들은 이 세계 인간보다 열 배쯤 높은 스테이터스다.

나는 일반인의 3분의 1 정도. 너, 너무 약해…….

"글쎄요……. 예상이지만 타카츠키 씨는 이 세계에 왔을 때 몹시 쇠약해져 있었어요. 함께 전이해 온 친구들 중에서 가장 약해져 있어서 스테이터스 부여 때 영향을 받은 걸지도 모릅니다."

"제가 그렇게 약해져 있었어요?"

"한때 심박이 정지했었어요. 그걸 간신히 승려의 마법으로 소생시킨 겁니다."

"폐를 끼쳤네요."

상상했던 것보다 위험한 상태였던 듯하다.

역시 게임만 하고 몸을 단련하지 않았던 탓인가.

수녀님은 한동안 지금 있는 물의 신전에서 공부하기를 권했다.

우리 반의 다른 아이들은 신전의 강사보다 강한 스킬을 가지고 있어서 특별 클래스가 만들어졌다던가.

나는 스킬과 스테이터스가 강하지 않아서 일반 클래스다. 풀이 죽는다.

나만 난이도 밸런스가 너무 나쁜 거 아니야?

──이세계, 똥망겜이냐고…….

나는 한숨을 푹 쉬었다.

"여어, 타카츠키. 눈을 떴구나."

혼자 멍하니 생각하고 있는데 누가 말을 걸었다.

양옆에 미녀를 낀 상큼한 미남이 눈앞에 있었다. 뭐, 같은 반 애지만.

——사쿠라이 료스케.

반의 중심적인 존재로, 1학년이면서도 축구부 에이스. 여친이 없었던 적이 없다. 의심할 바 없는 인싸다.

"사쿠라이구나. 걱정해 준 덕분에."

"다행이야. 좀처럼 눈을 안 뜬다고 들어서 걱정했어."

"아, 그거 고맙다."

솔직히 얘는 껄끄럽거든. 나와는 대척점에 있는 인간이라서.

"스테이터스나 스킬 이야기는 벌써 들었어?"

"뭐, 대충."

내 스킬을 간단히 이야기했다. 얘들도 자기 스킬을 가르쳐 주었다.

사쿠라이는 [빛의 용사] 스킬.

뒤의 여자 둘은 [현자] 스킬과 [성검사] 스킬이라고 한다.

이름으로 보건대 다들 잘 걸린 거겠지.

"그런데 타카츠키, 우리 파티에 안 들어올래?"

"엉?"

갑자기 뭐지?

"엑, 타카츠키를?"

이렇게 말한 사람은 옆에 있는 카와모토 에리.

"타카츠키한텐 다른 파티가 좋지 않을까?"

다른 한 명은 요코야마 사키인가. 반에서 1, 2등을 다투는 미소녀들이다.

"실은 우린 내일 여행을 떠날 예정이거든. 여러 사람에게 말을 걸고 있어."

"어, 내일? 너무 이르지 않아?"

다들 여기서 수행하는 거 아니야?

"료스케는 [빛의 용사]니까 수행 따윈 필요 없는걸."

"태양의 나라 하이랜드의 기사단장 후보로 추천받았으니까."

카와모토와 요코야마는 홀딱 반한 표정이다.

"괜찮다면 타카츠키도 함께 어때?"

사쿠라이가 상큼하게 말했다. 파티 권유인가.

"주위에 모르는 사람밖에 없으니까, 우리끼리 서로 돕는 게 좋을 거야."

사쿠라이는 순수한 얼굴로 말했다.

"으음." 생각해 본다.

나쁘지 않은가? 아니, 기다려.

사쿠라이 일행을 따라가도 지금의 나는 짐꾼 정도밖에 못 한다고.

잘못했다간 노예……는 아니라도 똘마니가 될 게 뻔하다.

사쿠라이는 착한 놈이라 하인으로 삼는 짓은 안 하겠지만, 양 옆의 미소녀 두 명이 나를 보며 '빨리 거절해.' 라고 눈으로 말하고 있다.

"말은 고맙지만, 한동안 물의 신전에서 수행할 거야."

"그런가, 아쉽다."

정말 아쉬운 듯이 사쿠라이가 말했다.

"타카츠키가 그렇게 말한다면 어쩔 수 없지. 아, 맞다. 사키가

쟤한테 검술을 가르쳐 주면 어때? 한동안 여기 남아서."

카와모토가 이상한 소리를 했다.

"그거보단 에리가 마법을 가르쳐 주면 되지 않을까?"

요코야마도 곧바로 받아친다.

"잠깐, 웃기는 소리 하지 마."

"너야말로."

""후후후.""

카와모토와 요코야마는 얼핏 친해 보이지만, 뭔가 꿍꿍이가 있는 듯한 느낌이다.

그 원인으로 여겨지는 남자는 미묘한 기류를 알아차리지 못한 것 같지만.

"그럼, 마음이 바뀌면 언제든지 말해."

사쿠라이는 상큼하게 웃고 떠나갔다. 카와모토와 요코야마는 말이 없었다. 이쪽을 쳐다보지도 않는다.

아, 두 여자가 한순간 서로 노려봤다. 혀 차는 소리가 들린 듯한 기분이 들었다. 여자의 싸움, 무섭네.

사쿠라이, 언젠가 찔려 죽지나 않으면 좋으련만. 좀 걱정이네.

"여어, 타카츠키."

잠시 후에 또 다른 그룹이 말을 걸었다.

"너 일곱 속성 중에 최약체인 [물 마법] 스킬을 가졌다며?"

"심지어 초급이지? 후후."

"그것보다 스테이터스가 심하지. 진짜, 일반인 이하라고."

키타야마와 사이가 좋은 오카다라는 껄렁이와 카와키타라는 불량소녀. 키타야마도 있다.

학교에서는 잘 뭉쳐 다니던 세 사람. 전부 모이면 양아치 집단 같다.

──즉, 껄끄러운 무리다.

"있잖아, 타카츠키. 넌 어떤 직업으로 할 거야?"

오카다가 히죽히죽 웃으며 물었다.

"아직 안 정했어. 오카다는?"

"나? 나는 소드 마스터지! [대검(특급)] 스킬로 몬스터를 다 썰어버릴 거야!"

"나는 있지, [대마도(大魔道)]라는 스킬이야. 불, 물, 나무, 땅의 네 속성 중 상급 마법을 다 쓸 수 있대! 굉장하지?"

카와키타한텐 안 물어봤는데. 그렇게 생각하면서도 "굉장하네."라고 대답해 두었다. 요컨대 자랑이로군.

"좋겠다. 너희는 곧바로 쓸 수 있는 스킬이라서. 나는 용기사라서 먼저 비룡을 잡는 것부터 시작해야 된다고. 귀찮아."

키타야마는 그렇게 말하면서도 즐거워 보였다.

"너는 [창술(상급)]하고 [빨리 달리기]도 있잖아! 휘황찬란한데!"

"있잖아, 비룡 잡으면 태워 줘."

"오우, 나만 믿으라고."

"야, 남의 여자 꼬시지 마."

"안 꼬셨어!"

오카다와 카와키타는 사귀는 사이었나. 몰랐다.

결국 나에 대해선 거의 묻지 않고 자기 자랑만 하고 끝났다.

아, 마음이 무겁다.

──이세계에 온 지 한 달.

반 아이들 중 3분의 1은 어느 나라의 높은 분이나, 어느 단체에서 스카우트해 데려갔다. 빠르게 사라진 건 [빛의 용사] 같은 초강력 스킬 보유자였다.

스카우트는 빠른 사람이 임자인지 쉴 새 없이 여러 사람이 찾아왔다.

그 사람들의 이야기를 들으면서 우리가 있는 대륙의 정세를 알게 됐다.

우리가 있는 대륙은 [서대륙]으로 불리며, 여섯 나라가 존재한다.

간단히 정리하면,

· 태양의 나라 [하이랜드]……대륙 최대의 나라. 인구, 군사력, 재정력 모두 최고.

· 불의 나라 [그레이트키스]……나라 절반이 사막. 무술이 발달하여 수인과 용병이 많음.

· 물의 나라 [로제스]……지금 내가 있는 나라. 관광업이 발달. 그리고 교회의 힘이 강함.

· 나무의 나라 [스프링로그]……삼림의 나라. 엘프와 수인족이

많음.

· 상업의 나라 [캐머론]……금융과 상업의 나라. 은행과 상인 길
  드가 많이 있다나.

· 땅의 나라 [캘리런]……지하국가. 드워프 종족이 많음. 무기
  등의 제조업이 발달.

이런 느낌인 듯하다. 6국의 관계는 그럭저럭 양호하고, 전쟁
은 없는 것 같다.

그리고 달의 나라 [라피로익]라는 나라가 옛날에 있었다는데,
지금은 멸망하고 없다.

우리 반 아이들은 스카우트 조건이 좋으면 수락해서 여러 나라
로 흩어졌다. 나에게 온 스카우트는 하나도 없었다. 응, 그럴 줄
알았어.

현재 나는 [마법학 초급] 강의를 듣고 있다. 원래 세계의 반 친
구는 한 명도 없다. 나와 함께 강의를 듣는 건 초등학교 저학년
정도의 어린아이들이다.

"타카츠키 씨는 우리 세계에 온 지 얼마 안 됐어요. 여러분, 사
이좋게 지내요."

"""""""네.""""""

아이들이 기운차게 대답한다.

초등학생 속에 혼자 고등학생. 하하, 안구에 습기가 차네.

"그럼, 오늘은 마법 속성을 공부합시다. 이 세계에는 일곱 개

의 속성이 있고, 각각 이런 특징이 있습니다."

중년 여성 선생님이 칠판에 설명을 적는다.

- [태양]······빛, 번개, 바람 등을 다룸
- [달]······어둠, 죽음 등을 다룸
- [불]······불꽃, 열 등을 다룸
- [물]······물, 얼음, 안개 등을 다룸
- [나무]······식물, 독 등을 다룸
- [금]······시간, 공간, 운명 등을 다룸
- [땅]······대지, 돌, 금속 등을 다룸

"일곱 속성에는 각각 관장하는 여신님이 있습니다. 달을 제외한 여섯 속성은 이 대륙에서 널리 신앙되고 있어요. 알고 있겠지만 달은 어둠과 죽음의 속성이고, 악마의 속성입니다. 여러분이 믿어서는 안 돼요."

""""네.""""

"그리고, 어떤 마법을 쓰는 경우에도 마력인 [마나]가 필요합니다. 강한 마법을 쓰려면 많은 마나를 사용해야 하고, 그러려면 레벨을 올릴 필요가······."

강의가 이어진다. 예전 세계의 수업보다 재미있다.

우선은 이 세계에서 열심히 공부하자.

──이세계에 온 지 석 달.

"타키 공. 건강하시오."

"응, 후지양도."

후지양이 스카우트되었다. 모험가 파티가 아니라 상회 길드다. 물의 신전에 온 상인과 연줄을 만든 모양이다. 후지양은 야무지다.

"소생은 물의 신전에서 가장 가까운 맥캘란이란 도시에서 상인으로 일할 작정이오. 혹시 들를 일이 있으면 말해 주시게."

"알았어. 그 도시에 가면 후지양을 찾을게."

"그럼 수행 힘내시오."

"응, 너도."

후지양과 굳게 악수를 나누고 헤어졌다.

원래부터 친구는 적었지만, 후지양이 없어지자 반 친구와 이야기할 기회가 거의 사라졌다. 처음에 있던 멤버의 절반 이상은 이미 여행을 떠났다.

쓸쓸해졌다.

"마코토 형은 물 마법 실력이 늘었어?"

최근의 이야기 상대는 지난 세계 이야기를 했더니 친해진 소년이다.

어느 귀족의 셋째 도련님이라고 한다.

"물 마법 : 워터 볼."

내가 목소리를 내자 손바닥 위에 소프트볼 크기의 물의 공이 나타났다.

마법 순서는 [생성] → [조작]이다.

워터 볼 발동 순서는 [물 생성] → [물 조작(공 모양으로 만듦)]의 흐름이다. 꽤나 심플한 순서.

생성할 수 있는 물 마법의 강함은 시전자가 지닌 마나의 양에 의존한다.

그 밖에, 마법 [숙련도]를 단련하면 빠르게 마법을 쓸 수 있다고 한다.

내 마나는 초급 레벨이라 아주 적다.

이런 작은 물의 공을 만드는 게 고작이다.

다행히 숙련도는 마법을 쓴 만큼 올라가는 모양이라 매일 단련하고 있다.

"대단해! 3개월 만에 벌써 마법을 쓸 수 있다니! 난 2년이나 걸렸거든. 파이어 볼!"

소년의 손바닥에 농구공만 한 불 구슬이 나타난다.

크다. 나보다 다섯 배 정도나 된다. 내 마법과 비교하면······ 슬퍼진다.

소년은 [불 마법(중급)] 스킬과 [검사(중급)] 스킬을 가지고 있어서 마법 전사가 되겠다고 벼르고 있었다.

'나도 마법 전사가 되고 싶었는데. 용사처럼 거창한 건 바라지 않을 테니까.'

전사 관련 스킬이 없는 나는 전사 계열 직업이 될 수 없다.

마법사를 열심히 할 수밖에 없다.

"마코토 형, 힘내자!"

나는 "그래……."라고 힘없이 끄덕였다.

——이세계에 온 지 반년이 지났다.

신전에 스카우트하러 오는 사람이 거의 나타나지 않게 되었다.

나를 포함해 남은 반 아이들은 알아서 거취를 생각해야 한다.

그래도 [검사(상급)] 스킬과 [마법사(상급)] 스킬을 가지고 있는 녀석들이니 그렇게 비관할 필요는 없었다.

나 말고는.

나는 현재 마법사 수행 말고도 [여행자]와 [도적]의 통상 스킬을 공부하고 있다.

노멀 스킬은 누구나 수행하면 배울 수 있다.

[물 마법]이나 [RPG 플레이어]는 유니크 스킬로 불리며, 아무나 배울 수 없다.

어떤 유니크 스킬을 쓸 수 있는지는 사람에 따라 정해져 있다.

[여행자]의 노멀 스킬은 동물 [해체]와 [조리], [응급처치], [발화] 등 여행에 도움이 되는 스킬이 많다.

[도적]의 노멀 스킬은 [위험감지], [색적], [회피], [도주], [천리안], [밝은 귀] 등이 있다.

위험을 사전에 감지하거나 적에게서 도망치는 데 도움이 되는 스킬이 많은 것이 특징이다.

솔로로 활동할 예정인 내게는 필수다.

이런 건 좀 즐겁다. 여행 준비 같아서.

──이세계에 온 지 9개월.

남은 반 친구는 나를 포함해 세 명. 얼굴을 맞댈 기회는 없다.

최근에는 수행 이외의 시간에는 도서관에 틀어박혀 있다. 이 세계의 언어를 배우기 위해서다.

글자를 읽을 수 있으면 책을 읽을 수 있다. 내게는 이 세계의 지식이 전혀 없다.

이 세계의 역사, 인종, 마물, 지리, 질병…… 등등.

3개월 후에는 이곳을 나가야 한다. 최대한 이 세계의 지식을 늘렸다.

이 세계의 역사도 조금 조사했다.

이 세계의 연호는 [구세력]으로 불린다.

현재는 구세력 1001년.

구세력 0년은 [구세주] 아벨이 대마왕을 쓰러뜨린 해이다.

──[구세주] 아벨.

역사서에 의하면 [빛의 용사]와 [번개의 용사], 두 개의 용사 스킬을 가지고 있었다고 한다.

완전 사기급이네. [구세주] 아벨은 대륙 최대의 왕국 하이랜드를 건국했다.

마왕을 물리치고 나라를 세우다. 왕도를 걸은 용사네.

구세주 아벨이 세계를 구하고, 그 후 [로제스]와 [그레이트키스]가 만들어졌다.

즉, 우리가 있는 나라는 모두 역사가 천 년 정도 되었다. 의외로 짧군.

과거 천 년의 역사는 도서관의 책으로 자세하게 알 수 있었다.

하지만 구세력 0년 이전의 역사는 단편적으로만 남아 있다.

[대마왕]이라는 것이 대륙을 지배하는 암흑기였다고 한다.

그 시대를 구원한 [구세주] 덕분에 지금의 시대가 있다.

──이세계에 온 지 1년이 지났다.

반 아이들은 모두가 없어지고.

　　　　　──나는 1학년 A반의 마지막 한 명이 되었다.

오늘로 물의 신전에 온 지 딱 1년. 즉, 여행을 떠나는 날이다.

'강제로 나가는 거지만……'

"마코토, 몸조심해요."

배웅하는 사람은 초급 마법사 수업 담임인 중년 여자 선생님뿐이었다.

"당신의 마법으로는 작은 마물 한 마리도 못 잡으니까요."

선생님은 걱정스러운 눈치였다. 1년 수행한 결과, 내 직업은 '수습 마법사'인 채였다. 결국 나는 제몫을 하는 마법사가 되지 못했어, 하아……

"괜찮아요. 여차하면 도적 스킬 [도주]로 어떻게 해 볼게요."

"그래요, 싸워선 안 돼요."

수습 마법사가 혼자 여행하는 일은 드물다. 아니, 없다.

후위 직업이 혼자 여행하다간 금세 마물에게 당하고 말 테니까. 보통은 전사나 격투가 같은 전위 직업과 파티를 짠다.

어디든 파티에 들어가야 한다는 말을 실컷 들었지만 나는 완고하게 거절했다.

그게 말이야. 모르는 사람하고 이야기하는 건 피곤한 데다, 수습 마법사 따원 파티에서 무시나 당하겠지? 그렇다면 솔로가 좋아.

"사실 이 신전의 일자리 정도라면 소개해 줄 수 있을 것 같은데 말이에요."

그 얘기는 몇 번이나 들었어요, 선생님.

"그랬다간 9년 후에 수명이 다 되고 말아요. 열심히 신에게 [공헌] 포인트를 바쳐서 수명을 늘려야 하니까요."

"이세계 사람은 힘들겠네요……."

"그럼 다녀오겠습니다."

작별 인사를 마쳤다. 선생님은 슬픈 듯이 미소 지었다. 좋은 사람이다.

뒤떨어지는 학생인데도 내치지 않고 마지막까지 보살펴 주었다. 출발하고 나서 잠시 후 신전 쪽을 돌아보았다. 선생님은 아직 나를 보고 있었다.

크게 손을 흔들고, 그런 뒤에는 돌아보지 않았다. 이제부터는 혼자다, 힘내자.

한동안은 평화로운 여행길이었다. 때때로 숲에서 새가 지저귀는 소리가 들려서 기분 좋다.

가도 옆을 흐르는 작은 개천은 물의 신전 뒤편에 펼쳐진 정령의 숲의 샘에서 솟아나온다.

그 물에는 정령의 가호가 배어 있다.

그 덕에 강에는 마물이 접근하기 어려운 효과가 있다고 한다.

그래서 비교적 안전한 강가나 가도에 도시가 생겨났다.

물의 신전에서 가장 가까운 도시를 '맥캘란'이라 하고, 호수 근처에 있다. 통칭 물의 도시.

그곳이 첫 목적지다. 친구 후지양이 그 도시에 있을 거다.

'잘 지내고 있을까?'

그리움을 느끼면서 느긋하게 걸었다. 나는 걸으면서 [색적] 스킬과 [은밀] 스킬을 항상 사용하고 있다. 되도록 마물과 마주치지 않게, 마물이 알아차리지 못하게 하기 위해서다. 탐색할 수 있는 범위는 대략 반경 100미터.

참고로 반 친구 중 [현자] 스킬을 가진 카와모토의 [색적] 스킬은 대략 5킬로미터였다. 50배다.

'불공평하다고……'

하지만 내 [색적] 스킬로도 일단 가도 근처의 숲속에 숨은 마물쯤은 발견할 수 있다. 나는 스킬을 사용하면서 신중하게 길을 나아갔다.

처음에는 나름대로 긴장했지만…….

가도 가도 나오는 건 평화로운 가도 풍경뿐. 한가하다.

계속 이어지는 숲과 가도와 시내를 보는 것도 질렸다. 도시는 아직 한참 남았다.

'수행이라도 할까…….'

신전에서 매일 했던 물 마법 숙련도를 올리는 수행을 하자.

마음을 고요히 하고 마력을 높인다.

"물 마법 : 모여라, 일곱 개의 워터 볼." 작게 중얼거린다.

강물을 사용해 워터 볼을 만든다. 크기는 배구공 정도. 내 적은 마나로는 아무것도 없이 워터 볼을 일곱 개나 동시에 생성할 수 없다. 눈 깜빡할 사이에 마나 고갈을 일으킨다.

하지만 근처에 있는 물을 조작하는 것뿐이라면 마나가 거의 필요 없다.

필요한 건 마법을 다룰 때의 숙련도뿐이다.

듣기로 이세계의 대기 중에 있는 마나를 조작할 수 있기 때문이라고 한다.

숙련도는 마법을 쓸수록 오른다. 참고로 스킬도 숙련도에 따라 강해진다.

숙련도를 올리면 마법 생성 속도와 컨트롤이 능숙해진다. 숙련도는 되는 만큼 올려서 손해를 볼 일이 없다.

그래서 요 1년간 빠뜨리지 않고 수행했다. 선생님이 물 마법 숙련도만큼은 상급 이상이라고 보증해 주었다.

──위력이 초급 레벨만큼 약하지만.

'뭐, 그 부분이 치명적이지만…… 응?'

[색적] 스킬에 반응이 있었다. 가도에서 조금 떨어진 숲속.

사람이 마물에게 습격 받고 있나? [은밀] 스킬을 유지하고 조용히 다가갔다.

마차가 고블린 집단에게 에워싸였고, 검으로 응전하고 있는 상인으로 보이는 남자가 있었다.

고블린의 숫자는 열 마리 정도인가. 명백하게 상인의 열세다.

'으음, 도와줄까. 이대로 숨어 있을까. 어떡하지?'

만약 게임이었다면 망설이지 않고 도왔을 거다. 고블린 퇴치 따위는 이길 게 뻔한 이벤트다.

'내가 용사 주인공이었다면 말이지…….'

공교롭게도 여기는 서바이벌 이세계거든. 죽으면 되살아날 수 없어.

그렇다. 이 세계에는 게임처럼 죽고 부활하는 시스템이 없다.

소지금이 절반이 되고 부활하지 않는 거다. 죽으면 끝── 인생 종료다.

그리고 나는 최약 속성인 물 마법의 수습 마법사.

"어렵겠지……. 선생님이 마물과 마주치면 반드시 도망치라고 했었고."

그래도. 눈앞에서 사람이 마물에게 습격받고 있다.

모른 척하자니 꿈자리가 사나울 것 같다. 하지만 내가 죽었다간 본전도 못 찾는다.

'어어~ 어쩌지……?'

고민된다……. 이러는 동안에도 고블린이 슬금슬금 상인에게 다가가고 있었다.

그때 갑자기 눈앞에 게임 화면 같은 선택지가 나타났다.

[상인을 돕겠습니까?]

예

아니오

"어?"

뭐지? 이런 건 처음 봤어. [RPG 플레이어] 스킬 효과인가?

저기 잠깐. 뭐야, 이 스킬. 선택하라는 건가? 뺨을 손가락으로 긁었다.

——제법 그럴듯한 연출을 하는데.

여기서 돕지 않는다면 RPG 게이머가 아니다.

"좋아, 첫 전투 이벤트다."

'네'를 선택하고 슬쩍 고블린 집단에 다가가 마력을 높였다.

상인에게 맞지 않도록 조준한다.

"물 마법 : 아이스 애로우."

초급 마법을 쏜다.

조금 전까지 수행용으로 사용하고 있던 워터 볼을 얼음 화살로 변환해 고블린을 향해 쏘았다.

전탄 명중! 하지만.

'역시 쓰러뜨리진 못하나.'

고블린들은 피를 흘리고 있지만 전투 불능이 되지는 않았다.

거리가 멀어서인지 위력이 낮다. 하지만 이쪽으로 주의를 돌렸다.

"저기, 괜찮아?"

상인처럼 보이는 습격받던 사람에게 말을 걸었다.

"모험가? 사, 살려줘!"

"오케이."

나는 짧게 대답했다.

보통은 50% 정도로 억눌러 놓는 [명경지수] 스킬을 최대인 99%로 설정한다.

잡념이 사라진다. 이 스킬로 긴장과 공포가 거의 없어진다.

적을 해치우는 데만 집중했다. 가장 가까이에 있는 대형 고블린이 다가왔다.

고블린 상위종인 홉 고블린. 이놈이 우두머리인가.

키는 2미터 정도다. 꽤나 크잖아. 나머지 고블린은 상인과 마차를 에워싼 채다. 홉 고블린은 한 손에 녹슬어 시커메진 단검을 들고 있다.

베이면 파상풍에 걸릴 것 같아…… . 음, 제대로 접근전을 하고 싶지는 않네.

홉 고블린의 무기에 닿을까 말까 하는 지점에서 마력을 끌어올렸다.

"물 마법 : 아이스 니들!"

"?! 캭!"

내가 쏜 얼음 마법이 홉 고블린의 눈에 박혔다.

이쑤시개 정도 크기의 얼음 바늘이 적의 안구에 발사되는 내 오리지널 마법이다.

초라한 마법이지만 시각에 의존하는 생물이라면 유효할 터.

무엇보다 마력을 절약할 수 있어서 좋다.

적이 무기를 마구잡이로 휘두르지 않을지 주의하고 있었는데, 홉 고블린은 들고 있던 단검을 놓고 눈을 눌렀다.

'좋았어!'

호기를 놓치지 않고 홉 고블린이 떨어뜨린 단검을 회수했다.

'으음.'

아주 잠시 머뭇거렸다.

날붙이를 쓰는 건 처음이고, 생물을 찌른 적도 없다.

당연하지만 마물을 쓰러뜨린 경험도 없다. 하지만…….

'여기는 이세계야. 어설픈 생각은 버려. 좋아, 한다!'

──각오 완료.

나는 각오를 다지고 그 단검을 고블린의 가슴에 박아 넣었다.

"물 마법 : 냉각."

'액체를 식히고 얼리는' 초급 물 마법이다. 그 마법을 단검을 통해 상대의 혈액에 가했다. 고블린의 몸이 움찔 튀더니 털썩 쓰러졌다.

마력이 적은 내가 열심히 생각해낸 필살기다.

싸움 중에는 항상 [RPG 플레이어] 스킬의 360도 시야를 써서 내 주위 전체를 둘러보고 있다.

다른 고블린은 이쪽의 상황을 살피고 있는 것 같다.

여기까지는 예상대로. 하지만 현재 남은 마력량은 거의 없음.

물 생성은 이제 못한다. 난 정말 마력량이 적구나…….

자 그럼, 우두머리를 잃은 고블린들이 어떻게 할까? 가능하면 도망쳐 줬으면 좋겠다…….

켁. 일제히 이쪽으로 오네. 어쩔 수 없다. 이대로 강가로 유도하자.

물이 없으면 못 싸우니까.

──[도주] 스킬. 도적의 스킬을 발동했다.

거리를 너무 벌리지 않으며 고블린을 물가로 유도했다. 좋아. 여기라면 물을 마음껏 쓸 수 있어. 고블린들은 바로 근처까지 다가왔다.

'물 마법 : 수면 보행.'

수면에 둥실 뜬다. 이 마법은 수면에 설 수 있게 해 주는 효과가 있다.

하지만 이 강은 수심이 어른 허리쯤 온다.

고블린 집단도 강 속에 들어와 나에게 공격을 하려고 했다.

'함정에 걸렸군!'

"물 마법 : 물살."

강에 들어간 고블린들의 몸을 물 마법으로 얽맸다. 물이 고블린의 몸을 가두어 빠뜨린다. 고블린이 어푸어푸 하며 물에서 나가려고 발버둥 친다.

고블린들은 물속에서 호흡할 수 없다.

5분쯤 지나자 모든 고블린의 숨이 끊어졌다. 이게 전부였지?

"하아, 어떻게든 됐구나."

나는 호흡을 정돈하고 상인 쪽으로 돌아갔다.

◇ 어느 상인 딸의 시점 ◇

'아아아…… 어떡해, 어떡해, 어떡해.'

나는── 절망하고 있었다.

처음 걸어보는 가도였지만, 맥캘란과 물의 신전을 잇는 가도는 안전하다는 이야기를 믿고 상인인 아버지와 둘이서 도시로 향하고 있었다.

　그때 갑자기 배가 고파서 호전적이 된 고블린 집단이 습격한 것이다.

　아버지는 검을 다룰 줄 안다. 고블린 한 마리쯤은 쫓아낼 수 있다.

　하지만 열 마리가 넘다니! 저건 무리야!

　"너는 마차에서 나오지 마!"라고 아버지가 외쳤다.

　고블린들은 우리를 놓치지 않도록 에워싸고 스멀스멀 포위를 좁히고 있었다.

　저놈들…… 아버지의 체력이 떨어지는 걸 기다리고 있어? 말은 겁에 질려서 도움이 되지 않는다.

　'아앗!'

　아버지가 베였어!

　근처에 있는 고블린에게 정신이 팔려 시선을 뗀 틈에 뒤쪽에 있던 홉 고블린에게 베였다! 아버지는 어깨를 누르고 있다. 저래선 검을 휘두를 수 없다.

　"으으…… ."

　이가 딱딱 맞부딪친다.

　이러다간, 아버지가……. 아니, 그게 끝이 아니다. 나도…….

　고블린은 남자를 죽이고 여자를 덮친다. 아이를 낳게 하기 위해서다.

"나, 나도 같이 싸워야 해……."

나가려고 했지만 다리가 떨려서 앞으로 갈 수가 없다.

"캭" "캭" "캬캭."

주위를 에워싼 고블린이 즐거운 듯이 웃고 있다.

무서워무서워무서워무서워무서워무서워무서워무서워무서워무서워무서워무서워무서워무서워무서워무서워무서워무서워무서워.

고블린은 아버지가 약해지길 찬찬히 기다리고 있다.

이러다간 아버지가 죽어! 그런데, 그런데도! 내 다리는 움직이지 않는다.

공포로 목이 타고, 손바닥이 흠뻑 젖었다.

아아, 여신님…… 부디 이 불쌍한 부녀를 구해 주소서…….

"캭?!" "캭?!" "캬캭!"

여신님에게 기도하고 있을 때, 얼음 화살이 고블린 무리를 꿰뚫었다.

"어?"

뭐, 뭐야? 무슨 일이 일어난 거야?

"저기, 괜찮아?"

누구? 혹시 모험가?!

"사, 살려줘!"

아버지가 필사적으로 도움을 요청했다. 나타난 사람은 호리호리한 소년이었다.

경장비에, 무기는 아무것도 안 가지고 있다.

어……어어? 괜찮은 거야? 솔직히 아버지보다 훨씬 약해 보여……. 고블린 한 마리라도 쓰러뜨릴 수 있을까…….

하지만 마물에 습격당하고 있는 우리를 모른 척하지 않고 도우러 와 줬다. 아무리 약해 보이는 모험가라도 믿어야 해.

이번에야말로 나도 같이 싸우기 위해서 밖으로 나가려는데.

아, 홉 고블린이 모험가에게 다가가고 있어!

"캭!"

갑자기 리더 격 고블린이 눈을 누르며 괴로워하기 시작했다.

"어?"

무슨 일이지? 마법? 하지만 주문을 영창하지 않았다. 마도구를 쓴 기색도 없었다.

소년이 물 흐르는 듯한 동작으로 고블린에게 다가가 단검을 찔러 넣는다.

'하지만 저렇게 약한 공격으로는 마물을 죽일 수 없어…….'

하지만 아니었다. 고블린이 움찔 하고 몸을 크게 젖히더니 그대로 털썩 쓰러졌다.

소년은 무표정하고 침착하다. 주위를 둘러보지 않는데도 모든 걸 파악하고 있다는 듯이.

'에, 에에에에엑! 무, 무슨 일이 생긴 거지?'

아버지를 에워싸고 있던 고블린은 새로 나타난 인간을 위협으로 여겼는지 소년 모험가에게 덤벼들었다.

소년은 고블린을 끌어가듯이 강 쪽으로 달려 사라졌다.

말도 안 돼! 저 숫자를 혼자서 끌어가다니 무모해!

"아버지!"

나는 마차에서 튀어나왔다.

"너! 숨어 있으라고 말했지!"

호통을 들었다.

"하지만 저 사람을 도와야지."

"맞아…… 하지만 저쪽으로…… ."

첨벙첨벙! 물속에서 날뛰는 소리와 고블린의 비명이 들렸다.

괜찮은 거야?! 걱정되지만 내가 가봐야 도움이 되지 않는다.

잠시 후에 소년이 돌아왔다. 상처 하나 없었다.

'어어어어어어어어?! 그 고블린 집단을 혼자서 해치운 거야?'

말도 안 되게 대단한 실력이다.

"괜찮아요? 어라, 한 명 더 있었네요."

"네, 네, 덕분에 살았습니다. 이쪽은 제 딸입니다."

"고, 고맙습니다."

그래. 이제 산 거다. 나는 극도의 긴장감에서 풀려나 흐늘흐늘 주저앉았다.

흑발 흑안의 소년 모험가를 올려다본다.

차분한 얼굴과 조금 전 마물 무리를 깨끗이 해치운 실력의 격차. 내 가슴이 조금 고동쳤다.

◇ 타카츠키 마코토의 시점 ◇

"정말 감사합니다! 당신은 생명의 은인이에요!"

"당신이 없었다면 어찌됐을지……."

내가 도와준 상인과 그 딸에게 엄청나게 감사를 들었다. 사람 좋아 보이는 상인 아버지와 초등학교 6학년쯤 되어 보이는 여자애. 이렇게 작은 아이도 일하는 건가. 이세계도 참 힘들겠다.

여자가 고블린에게 붙잡히면 끔찍한 결말이 기다리고 있다고 한다.

그 말을 듣고 힘내서 도와주어 다행이라고 생각했다.

"이건 얼마 안 되지만, 답례입니다."

"으음, 10만 G(갈)인가요? 너무 많지 않나요?"

시세는 잘 모르지만 상당한 거금이다.

"가능하다면 함께 도시까지 동행해 주셨으면 해서요."

"과연, 호위를 겸해서라는 말인가요."

그렇다면 좋다고 응낙했다. 원래는 마물이 나오는 일이 더 드문 길이다. 문제없겠지.

도중에 상인의 고생담을 여러 가지로 듣게 됐다.

그러고 보니 후지양도 상인이었지. 고생하고 있으려나.

"슬슬 야영 준비를 할까요."

날이 저물기 전에 상인이 제안했다. 지금 걷고 있는 가도에는 곳곳에 야영 공간이 있다. 상인과 모험가가 쉴 수 있도록 영주가 관리하고 있다고 한다.

"간단한 식사라 송구합니다만."

그렇게 말하면서 상인이 내놓은 건 마법으로 얼린 스튜였다. 요컨대 냉동식품.

그걸 불에 얹어서 보글보글 끓여, 딱딱한 빵과 함께 야외에서 먹었다. 맛있다.

"그럼 이 주변을 잠시 둘러보고 오겠습니다."

저녁 식사 후 나는 빌린 침낭을 땅에 놓고 그들에게 말했다.

"정말 죄송합니다. 다리를 다치지 않았더라면 같이 둘러보았을 텐데요."

"호위니까 맡겨 주셔도 됩니다."

그렇게 말하고 마차에서 떨어졌다. 상인 부녀는 마차 안에서 잔다고 했다.

야영 공간에서 조금 떨어졌다. [색적] 스킬로 마물이 없다는 건 확인했다.

그리고 항상 켜두고 있는 [명경지수] 스킬을 껐다.

"하아아아……."

커다랗게 한숨이 나왔다. 손바닥이 땀으로 흠뻑 젖고, 고동이 빨라진다.

"설마 첫 도시에 도착하기 전에 마물과 만날 줄이야……."

[소울 북]을 보니 [공헌] 포인트가 늘어나 있었다.

약간 수명이 늘어났나? 3일 정도인가.

"진짜 쫄았어……. 하지만 어떻게 됐네."

무릎이 후들후들 떨린다.

"처음 해치울 마물은 좀 더 조무래기일 줄 알았다고오."

뿔 달린 토끼나 커다란 쥐 같은 거. 첫 전투가 고블린 집단이라니 생각도 못했어!

"하지만 이겼지."

나는 씨익 웃으며 밤하늘에 가득한 별을 올려다보고 주먹을 꽉 쥐었다.

"좋았어……."

작게 승리 포즈를 취했다.

물의 신전 직원은 꽝 스킬이라고 실망하고, 같은 반 아이들은 동정하고, 나보다 어린 소년은 위로하고, 가족처럼 대해 준 선생님마저도 마지막까지 걱정했다.

너는 이 세계에서 살아가지 못할 거라고.

"괜찮아, 괜찮아, 괜찮아."

할 수 있다. [명경지수], [RPG 플레이어], [물 마법 초급].

이렇게 세 가지 스킬로 이 세계에서 살아남아 주겠어. 9년 남기고 죽을까 보냐.

문득 허리에 차고 있는 무기를 떠올렸다. 그러고 보니 고블린이 가지고 있던 무기는 어쩔까. 녹슬고 헤진 단검을 바라본다.

으음, 팔 물건은 못 될 것 같은데. 무기로도 못 쓸 것 같고.

"첫 승리 기념으로 가질까. 녹을 빼면 쓸 수 있을지도 몰라."

일단 적당한 천으로 감아서 가지고 있기로 했다. 슬슬 돌아가서 자자.

물의 신전을 나온 첫날이 끝났다. 한동안 흥분으로 잠들지 못했다.

◇

정신이 들자 아무것도 없는 너른 공간에 서 있었다. 꿈……이
겠지?

아차. 꿈을 꿀 정도로 깊게 잠들 생각은 없었는데.

여기는 뭘까. 어떤 게임에서 이런 장면을 본 적이 있는 것도 같
은데…….

그런 생각을 하고 있는데, 오한이 등을 쫙 스쳤다.

──이 세상의 것이 아닌 기운을 느꼈다.

나는 고개를 돌려 그 모습을 보았다.

"처음 뵙겠어요, 마코토. 만나고 싶었답니다."

그곳에 있는 것은 지금까지 만난 적이 없는, 절세라는 말로도
부족할 정도로 미모의 소녀였다. 한순간 숨이 멎을 뻔했다.

"다, 당신은…… 누구신가요?"

질문하는 목소리가 떨린다. 눈앞에 있는 소녀의 아름다움은
인간 같지가 않았다.

'아니…… 인간이 아니야.'

소녀는 생긋 미소 지었다.

"나는 여신입니다."

그 소녀는 그렇게 말했다.

"여신……님……이세요?"

미친 듯한 미모를 가진 눈앞의 소녀.

푸른빛이 도는 빛나는 은발에 사파이어 같은 눈동자. 비쳐 보일 듯 하얀 피부.

약간 어린 티가 남은 소녀 같은 몸. 하지만 요염한 색기도 자아낸다.

인형처럼 너무도 단정해서…… 조금 무섭다. 무서울 정도로 아름답다.

"으음, 저에게 무슨 용건이신지요?"

이 이세계는 명확하게 신이 지배하고 있다.

눈앞의 소녀가 진짜 여신이라면 절대로 거슬러서는 안 된다.

[명경지수] 스킬 덕분에 여신을 눈앞에 두고도 침착할 수 있어서 살았다.

"당신을 계속 지켜보았습니다. 위험을 무릅쓰고 고블린에게서 상인을 살린 것은 훌륭한 행위예요. 당신을 제 권속으로 받아들이지요."

여신님이 자애 넘치는 미소를 지었다.

"여신님의 권속……."

──그 말에 1년 전 기억이 되살아났다.

◇

이세계에 온 지 얼마 안 됐을 무렵, 물의 신전에 [무녀]라 칭하는 인물이 나타났다.

무녀란 이 나라의 성직자 중에서도 특별한 존재다.

이른바, 여신 신앙의 무녀는 여신의 목소리를 들을 수 있다.

무녀의 말은 신의 말씀과 동일하게 여겨진다.

보통은 교회 안에서 활동하고 있다는데, 일부러 이세계인을 만나러 왔다.

목적은 스카우트. 무녀는 신자가 된 자에게 여신의 가호를 내리는 힘이 있다고 한다.

이세계인의 강력한 스테이터스와 희귀한 스킬은 매력적이리라.

우리 앞에 나타난 것은 [소피아 에이르 로제스]. 물의 여신의 무녀였다.

그 무녀는 물의 나라 로제스의 왕녀이기도 했다. 요인 중의 요인. 로제스의 최중요 인물이다. 그런 인물이 직접 찾아올 정도로 1학년 A반 학생들의 스테이터스와 스킬이 뛰어났던 거겠지.

"당신은 특급 마법사입니까. 훌륭하군요. 물의 여신의 가호를 내려드리지요. 그러기 위해서, 우리가 신봉하는 여신의 신자가 되어주시겠지요?"

"어머, 당신은 [황금기사] 스킬을 가지고 계시군요. 물의 여신의 가호를 내려드리지요. 그러기 위해 여신의 신자가……."

이런 느낌으로, 반 아이들에게 척척 권유했다.

주로 레어한 스킬을 가지고 있는 사람을 중심으로.

그리고 내 [소울 북]을 봤을 때. "당신은 물 마법…… 초급입니까. 힘내세요."

차가운 표정으로 지나쳤다.

…………어?

"그, 그것뿐이에요?"

"이봐, 무녀님은 바쁘시다!"

다가가려 하자 기사 같은 남자에게 저지당했다.

나중에 알았지만, 무녀의 수호기사라는 존재인 듯했다.

"물의 여신님의 신자가 되겠습니다! 그러니 가호를 받을 수 없을까요!"

당시의 나는 약한 스킬밖에 못 받았다는 초조함에 어떻게든 하려고 필사적이었다.

여신의 가호를 받으면 다양한 특전이 주어진다. 어떻게 해서든 물의 여신의 가호를 받고 싶었다. 나는 필사적으로 호소했다. 하지만 무녀의 태도는 냉담했다.

"당신에게는 조금 더 수행이 필요한 듯합니다. 다음 기회를 기약하죠."

그렇게 말하고, 물의 무녀 소피아는 뒤돌아보지도 않고 떠나갔다.

그 후, 아무리 수행해도 가호를 받는 일은 없었다.

우리 반 아이들은 물론 신전에 있는 사람들까지도 가엾다는 눈으로 쳐다봐, 나는 눈물로 베개를 적셨다. 나는 그 이후로 물의 무녀와 교회가 아주 싫어졌고, 그자가 믿는다는 여신도 싫어졌다.

씁쓸한 추억이다. 당시를 떠올리면 지금도 울컥한다.

진정해⋯⋯. 이젠 신경 안 써, 신경 안 쓴다고.

◇

"물의 무녀 일은 너무 심했지요. 그런 무리가 따르는 여신은 믿지 않아도 돼요."

여신은 마치 내 마음속을 들여다본 것처럼 말했다. 마음을 읽힌 걸까.

아니, 물의 무녀와의 사건을 알고 있는 건가. 보고 있었다는 말은 진짜 같다.

"그 이야기는 떠올리기 싫으니 그만하지요. 그런데 여신님의 이름을 가르쳐 주시겠어요?"

이 세계의 신에게는 이름이 있다.

[빛의 용사] 사쿠라이는 [태양의 여신 아르테나의 총애]라는 가호를 받았다고 한다.

전투 관련 스테이터스가 두 배가 되는 치트 같은 가호라던가.

진짜 그 녀석만 혼자 치사하지 않아?

그 정도까지는 아니라도 유명한 여신님이라면 가호도 기대할 수 있겠다는 흑심이 있어서 이름을 물어보았지만.

"후후, 나는 유명하지 않은 여신이라서 모를 거예요."

"그렇게 말씀하셔도 말이죠, 제가 믿을 여신님의 이름은 알고 싶은데요."

"그럼 언젠가 가르쳐 드리지요."

얼버무렸다? 왜지? 하는 수 없이 화제를 바꾼다.

"제가 이 이세계에서 모험가를 해나갈 수 있을까요?"

"스테이터스가 낮은 걸 신경 쓰고 있군요."

"뭐, 그렇죠……."

내 마법으로는 고블린 한 마리도 죽이지 못한다. 마법 공격력이 너무 낮다. 게다가 눈 깜빡할 사이에 마력이 고갈된다. 나는 모험가로서 잘해나갈 수 있을까?

"마코토는 편리한 스킬을 가지고 있지 않은가요."

"[명경지수] 스킬과 [RPG 플레이어] 스킬이요? 확실히 편리하긴 하지만, 강한 마법사나 전사 스킬 소유자에겐 못 당해요."

여신님을 상대로 토라진 듯한 말투로 말해 버렸다. 하지만 진심이다.

"당신의 반 친구인 스즈키 씨, 야마시타 씨, 엔도 씨를 아나요?"

갑자기 화제가 바뀌었다. 물론 안다. 함께 이세계로 전이한 우리 반 아이들이다.

친한 사이었던 건 아니다. 나는 반에 친구가 두 명밖에 없었으니까.

걔들은 마법사와 전사의 상급 스킬을 가지고 있었다.

"그 세 사람은 현재 행방불명 혹은 사망했습니다."

"예?" 뭐……라고…….

"강력한 스킬을 과신한 것이겠지요. 실력보다 강한 마물과 싸우거나, 고난이도 던전에 도전해 실패한 모양이에요."

"그렇, 습니까……."

진짜냐. 1년 동안 신전에 틀어박혀 지내서 아무것도 몰랐다.

"당신이 있던 나라는 평화로운 곳이니까요. 아무리 강한 스킬을 얻어도 정신은 바뀌지 않아요. [명경지수] 스킬은 정신을 안정시키는 스킬. 그것만이 아니라 과신과 방심을 막아 주는 좋은 스킬이에요. 그리고 [RPG 플레이어] 스킬 말인데, 이건 이세계인 특유의 유니크 스킬이군요. 이것도 흥미로운 스킬이라 생각해요."

"단지 시점을 바꾸는 스킬인 게 아니에요……?"

"자신의 모습을 외부에서 봄으로써 예상하지 못하는 공격을 막거나, 360도로 둘러보고 멀리서 보는 시점도 가능하지요. 그리고 자신이 간 곳은 자동으로 지도로 만드는 [맵핑]이 가능해요. 상당히 편리한 스킬이죠."

음. 듣고 보니 나쁘지 않은 기분이 든다. 그런가. 즉, 쓰기 나름이라는 건가.

조금 마음이 가벼워졌다. 그래서 다른 질문을 해 보았다.

"계속 지켜봤다고 말씀하셨는데, 지금까지 말을 걸지 않으신 건 왜인가요?"

"물의 신전은 물의 여신 에이르의 관할이니까요. 배려했던 거지요."

"물의 신전 안에서도 다른 신의 신자가 스카우트하는 일은 있었는데요."

빛의 용사인 사쿠라이는 태양의 여신의 신자가 되었으니까.

"뭐, 그 부분은 상관없잖아요."

여신은 애매하게 대답했다.

"마코토, 내 신자가 되겠어요?"

여신님, 확 치고 들어오네. 끙끙거리며 생각해 본다.

처음에는 엄청난 아름다움에 눈을 빼앗겼다.

하지만 냉정함을 되찾은 지금, 눈앞의 여신은 솔직히 조금 수상했다.

왜 나처럼 약한 스테이터스와 이상한 스킬밖에 없는 남자를 신자로 만들려는 걸까.

내가 플레이했던 RPG 게임에서는 초반에 이런 언뜻 좋아 보이는 선택지에 안이하게 'YES'를 선택하면 나중에 뭔가 함정이 있는 경우가 많았다.

게이머의 감이 그렇게 외치고 있다. 심지어 게임과 달리 리셋할 수 없다.

"나중에 검토해 볼게요."

"어?!"

지금까지 우아하게 행동하던 여신님이 갑자기 당황한 기색을 보였다.

"자, 잠깐 기다리세요. 여신의 권속이라고요! 심지어 여신이 직접 말을 걸다니, 터무니없이 영예로운 일이라고요!"

그렇다. 여신이 직접 나타나다니, 일반적으로는 있을 수 없는 일이다.

아까 이야기가 나왔던 무녀조차도 기껏해야 목소리를 들을 수 있는 정도다.

꿈속이라곤 하나 일반인이 직접 여신의 모습을 보고 이야기를 하다니, 들어본 적도 없다.

'만약, 진짜라면 말이지.'

[명경지수] 스킬로 차분해진 뇌가 속삭인다.

'이 여신님은 과연 진짜일까?'

"진짜예요!"

"어?"

"앗, 이런."

역시 마음을 읽히고 있는 것 같다.

"뭐, 여신님이라면 그쯤은 가능하겠죠."

"치, 침착하구나……."

그것 말고는 장점이 없거든요.

"저, 저기. 신이 인간계에 오는 건 힘들거든. 오늘 계약해 주지 않을래?"

아양을 부리듯 내 손을 잡고 눈을 올려 뜨고는 다가온다.

가, 가까워. 조각처럼 단정한 얼굴이 눈앞에 바짝 다가온다. 옛날에 텔레비전에서 봤던 나이트클럽의 접대 같다. 여신님의 눈동자가 은은한 황금색으로 빛나고 있다.

머리가 멍해지고 약간 어지러워졌다.

'이거, [매료 마법] 아니야?'

신전의 마법학에서 매료 마법의 존재를 배웠다. 유곽 같은 곳에서 일하는 여자들이 잘 쓰는 스킬이라고 한다.

세상에는 다양한 매료 마법이 있다는데, '상대의 눈을 보고'

'달콤한 목소리로 말하면서' '몸을 만지는' 것이 기본이라고 한다.

초보 모험가가 매료 마법에 걸려 창녀에게 큰돈을 쏟아붓고 빚을 지고 만다.

자주 있는 이야기라고 한다. 지금 실제로 당하고 있지 않나?

하지만 [RPG 플레이어] 스킬로 제3자 시점을 항상 발동하고 있는 나는 내 자신의 모습과 눈앞에서 이야기하는 상대의 모습을 몇 미터 떨어져서 보고 있다.

그래서 원칙적으로 상대와 눈을 마주치는 상황이 생기지 않는다.

참고로 스킬 때문에 목소리와 신체 접촉도 남 일처럼 느끼고 만다.

게다가 [명경지수] 스킬 덕분에 마음이 평온하다.

'마코토는 매료 마법에 걸리기 아주 어렵겠군요.' 라고 신전 선생님이 말했다.

그때는 전투에 전혀 도움이 안 되잖아! 라고 생각했던 기억이 있다.

'의외로 뭐가 도움이 될지는 모르는 거구나.'

"여신님, 일단 떨어져 주세요. 너무 가까워요."

나는 냉정하게 여신님에게 거리를 두었다.

"어, 어라? 왜 안 통하지!"

여신님, 그거 실언 아니에요? 신자로 만들려고 매료 마법을 쓰는 건 좀 아닌 거 같은데. 수상한 종교 권유 그 자체잖아.

"수상하지 않아!"

"마음을 읽을 수 있었죠."

마음속으로 중얼거리는 건 의미가 없군.

"그렇다면 제 불신도 아시겠죠? 오늘은 포기해 주셨으면 좋겠는데……."

"싫어! 천 년 만에 온 신자 획득 찬스라고! 반드시 신자로 만들 거야!"

마침내는 누워서 다리를 버둥거리기 시작했다.

처음의 위엄은 사라졌다. 짧은 원피스 같은 치마에서 속옷이 보일 것 같은데…… 안 보인다. 이것이 여신님의 절대영역?

바보 같은 생각을 하고 있자 여신님이 물었다.

"보여주면, 신자가 되어 줄 거야?"

"무슨 소리를 하시는 거예요."

여신님은 땅에 주저앉은 채 촉촉해진 눈으로 나를 바라보았다.

귀엽다. 그러나 하지만. 신자가 될지 말지는 별개라고.

"부탁해부탁해부탁해! 신자가 되어 주세요. 제발!"

어깨를 붙들고 흔들었다. 그러니까 너무 가깝다고요.

'음~ 어떡하지……?'

솔직히 상대의 의도는 모른다. 하지만 진심이라는 건 전해져 왔다.

어찌 됐든 간에 이 대륙에서 메이저 6대 여신을 믿을 마음은 없었다.

물의 무녀의 인상이 나빴던 탓이지만.

이토록 말해 주면 나쁜 대접은 안 받으리라 기대해 보자.

[RPG 플레이어] 스킬이 선택지를 띄웠다.

[여신님의 신자가 되겠습니까?]

예 ←

아니오

"알겠습니다. 여신님의 신자가 되겠습니다."

"어, 진짜? 돼, 됐다!"

여신은 만세를 부르고 통통 뛰었다.

"그럼, 당신의 [소울 북]을 빌려줄 수 있어?"

꿈속에서도 가지고 있을까. 찾아보니 옷 안주머니에 들어 있었다.

"여기요."

"그래. 어디 보자."

여신님이 [소울 북]을 손가락으로 덧쓴다. 종이가 일순 화악 빛난 느낌이 들었다.

계약 서면을 보자 [여신의 첫 번째 신자]라고 쓰여 있었다.

"저 말고 신자가 없어요?"

"옛날에는 다른 사람도 있었지만. 당신이 오랜만에 첫 번째니까! 영광으로 생각하렴!"

불안할 따름이다. 너무 마이너다. 얼마나 비인기 여신인 거야.

그 밖에 궁금한 점이라면.

"여신님의 가호는 어떤 걸 받을 수 있나요?"

신자가 되자마자 뻔뻔하다고 생각했지만 중요한 포인트다.

하지만 여신님은 곤란한 듯한 얼굴을 했다.

"사실 난 유명하지 않은 신이라서 곧바로 신자에게 가호를 내릴 수가 없어. 매일 기도해 주면 조만간 가호가 붙을지도 몰라."

엥? 그럴 수가.

"괜찮아! 대신에 이걸 줄게! 이건 계약의 증표인 [신기(神器)]야. 엄청난 물건이거든!"

단검을 받았다.

"무기예요?"

"무기로도 쓸 수 있어! 여신이 벼린 단검이니까 웬만해서는 안 부서지거든! 그리고, 나에게 기도할 때는 이걸 들고 기도하렴."

십자가 같은 건가.

"그럼 난 슬슬 갈게. 곤란한 일이 있으면 의지하렴!"

"어, 잠깐, 뭐 계시 같은 건 없어요?"

황급히 확인하자 여신님은 어리둥절한 얼굴을 했다.

"나에게 이러쿵저러쿵 지시받고 싶지 않잖니? 프리 시나리오를 좋아하잖아?"

"그건 그렇지만요."

진짜 뭐든 알고 있군.

"이런 장면에서는 대체로 여신님의 심부름 이벤트가 있는 법이라고요."

"스스로 물어보다니 재치 있는 신자구나. 으음, 그렇다면 하나만. 강해지렴."

"그게 명령인가요?"

"명령이 아니야. 이건 단지 부탁이지. 내 신자는 너 하나뿐이니까 쉽게 죽으면 용서하지 않겠어! 너에겐 많이 기대하니까."

눈을 찡긋하고 "굿럭."이라고 말하면서 엄지손가락을 치켜세운 여신님이 사라졌다.

아침에 일어나니 머리맡에 칼집 없는 단검이 떨어져 있었다.

위, 위험하잖아!

"어라? 이건 어제 고블린한테 빼앗은 단검이잖아."

녹슬고 너덜너덜했던 단검이 깨끗하게 다시 태어났다.

조심조심 손에 들어 본다. 너무 가볍지도, 너무 무겁지도 않게 딱 좋은 무게다.

손에 착 달라붙는 느낌과 함께 몸에 마력이 차오르는 기분이 들었다.

마법 무기일까? 희미하게 파르스름한 칼날이 불가사의한 빛을 발하고 있다.

"여신님, 감사합니다."

단검을 양손으로 쥐고 기도했다.

[소울 북]을 보자 여신의 첫 번째 신자라고 쓰여 있었다. 꿈이

아니었구나?

"어라? 타카츠키 씨, 단검을 들고 뭐 하세요?"

아차, 실수했다. 상인의 딸이 일어나 있었는데 알아차리지 못했다.

"아아, 그냥 좀. 여신님께 기도했어."

"저도 기도할게요. 행운의 여신 일라 님. 타카츠키 씨와 만난 것에 감사합니다."

오버 같지만, 목숨을 구해줬으니 호들갑은 아니려나.

"자, 출발하죠. 낮에는 도시에 도착할 겁니다."

──물의 도시 맥캘란.

이 대륙에서는 20번째쯤 되는 크기의 도시라고 한다.

정령의 숲과 대삼림에서 흘러드는 강이 운하가 되고 이윽고 시메이 호수에 이르는데, 그 호숫가에 있는 아름다운 도시다. 도시 안에 수많은 수로가 뻗어서, 사람들은 이동할 때 나룻배를 사용한다.

주조가 번성한 것으로도 유명하여, 맥캘란 산 화주(火酒. 독한 증류주)는 대륙 전체에 잘 알려져 있다.

상인의 딸이 그런 이야기를 알려 주었다.

"무사히 도착했네요. 타카츠키 씨, 정말 감사했습니다."

손을 꽉 잡혔다. 조금 쑥스럽네요.

아버님, 그렇게 노려보지 마세요.

"나야말로 여러 가지를 가르쳐 줘서 고마워."

도시에 도착할 때까지 도시의 권력자 정보, 모험가 길드가 있는 곳, 무기, 아이템을 싸게 살 수 있는 가게, 맛있는 밥집, 적당한 숙소 정보를 들을 수 있었다.

참고로 여신님에게 받은 단검을 봐 달라고 했는데, 그들의 [감정(초급)] 스킬로는 잘 모르겠다고 했다.

상인은 자기 상회에 돌아간다고 말하고 헤어졌다.

나는 도시 번화가에 있는 모험가 길드로 향했다.

참고로 도시 중심에 있는 건 교회라고 한다.

로제스에서는 교회의 힘이 강하다. 그래서 교회를 중심으로 도시가 만들어졌다.

하지만 로제스에서 믿는 신은 [물의 여신]이고, 조직의 중핵에 있는 사람은 그 물의 무녀 소피아다. 나는 가까이 가지 않겠어. 속으로 굳게 맹세했다.

모험가 길드는 금방 찾았다.

상상했던 것보다 크고 탄탄한 석조 건물이었다.

안에 들어가자 넓게 트인 장소에 포장마차와 무기 노점이 늘어서 있었다.

여기가 입구인가.

"이봐, 한잔 어때! 얼음처럼 찬 에일이 있어!"

"이건 캘리런에서 오늘 아침 막 들여온 물건이야. 지금이라면 10푼 세일하지!"

"이건 드래곤 비늘로 만든 방패야! 빠른 놈이 임자라고!"

활기가 있다. 곳곳에 간이 테이블이 있고 잔치를 벌이는 사람들도 있었다.

안내판을 보니 휴게소(숙박도 가능. 남녀 별도)와 훈련소, 토벌한 마물을 보관하는 창고가 있는 모양이다.

모험가 길드는 모험가 면허를 발행하는 곳이다.

어렴풋이 운전면허 학원 같은 이미지를 상상했지만, 어느 쪽인가 하면 오락 시설이 딸린 스포츠센터 같군.

면허 발행소는 다행히 줄을 많이 서지 않아 곧바로 창구에 호출되었다.

"안녕하세요. 오늘은 무슨 일로 오셨나요?"

접수원 누님, 미인이네. 주위 접수원을 봐도 모두 레벨이 높다.

"모험가 등록을 부탁할 수 있을까요?"

"처음 이용하시는군요. 그럼 이쪽 종이에 필요 사항을 기입해 주세요. 그리고 [소울 북]은 가지고 계시지요?"

[소울 북]을 접수원 누님에게 넘겼다. 종이에 이름, 경력, 스킬, 직업을 써 나간다.

"다 썼습니다."

"네, 감사합니다. 확인할게요."

접수원 누님은 이름과 경력 '이세계'에 조금 놀란 듯했지만 아무 말도 하지 않았다. 프로다.

"문제없네요. 직업은 [수습 마법사]로 괜찮으신가요?"

"네, 그대로 해 주세요."

"면허 발행에는 잠시 시간이 걸리니까 번호표를 가지고 기다려 주세요."

모험가 길드에 신입이 오면 불량한 모험가에게 시비가 걸리거나 하지 않을지 두리번거렸지만, 그런 일은 일어나지 않았다.

아무 일 없이 모험가 면허증이 발행되었다.

"네, 여기요."

면허증을 받았다.

타카츠키 마코토 : 수습 마법사

레벨 : 2

모험가 랭크 : 스톤

유니크 스킬 : [명경지수] [물 마법 초급] [RPG 플레이어]

노멀 스킬 : [위험감지], [은밀], [색적], [맵핑,] [회피], [도주] [천리안], [밝은 귀], [투척], [해체], [조리], [응급처치], [발화]

근력 : XX

체력 : XX

정신력 : XX

민첩성 : XX

....

....

......

고블린을 해치운 덕분에 레벨 2가 되어 있었다. 그 밖에는 신전에서 실컷 봤던 평범한 스테이터스다. 나도 참 약하구나. 알고 있었지만.

"뭐, 됐어."

[명경지수] 스킬 덕분에 기분 전환은 빠르다.

모험가 면허증을 집어넣고 모험가 길드를 나왔다. 좋아, 다음 장소로 가자.

내가 향하는 곳은 상인에게 들었던 [후지와라 상회].

──그랬다. 반 친구인 후지양은 벌써 자기 가게를 차렸다.

3장 타카츠키 마코토, 후지양과 재회하다

후지양은 고등학교 1학년에 같은 반이 되어서 만난 친구다.

우연히 자리가 가까워서 게임 이야기로 불태우다가 친해졌다.

나는 RPG 게임을 좋아하고 후지양은 미소녀 게임을 좋아한다.

좋아하는 게임 장르는 다르지만 서로 좋아하는 게임을 빌려주면서 우호관계가 이어졌다.

후지양과 물의 신전에서 헤어진 지 9개월. 지금은 자기 가게를 가지고 있다고 한다.

엄청나게 빠른 출세다.

'우리는 고등학생 맞지?'

우리 반 아이들 중에는 태양의 나라 하이랜드에서 기사단장 후보까지 오른 [빛의 용사]인 친구가 있지만, 그 녀석은 격이 다르다. 비교하면 안 된다.

아니지. 어쩌면 다른 반 아이들도 대성공했을지도 모른다.

나만이 느긋하게 지내다가 뒤떨어진 걸지도……

그렇게 생각하자 기분이 어두워졌다. 이러저러하는 사이에 목적지에 도착했다.

[후지와라 상회].

커다란 간판이 서 있다. 여기다.

'후지양의 성격이 안 변했으면 좋겠는데.'

나는 요 1년간 신전에서 계속 마법과 모험가 수행을 했다.

이세계인으로서 물의 신전의 의식주비와 학비는 면제받았다.

솔직히 말해서 나라에 보호받던 평온한 생활. 국가 공인 백수다.

그에 비해 후지양은 편리한 스킬을 가지고 있다지만, 원래 세계에선 미성년자다.

그런데 상회에 스카우트되어 9개월 만에 가게를 낼 정도가 되었다.

분명 여러 일이 있었으리라.

1년간 신전에서 틀어박혀 있었던 나와 과연 이야기가 통할까. 불안하다.

"저기요……."

작은 목소리로 말하며 천천히 가게 안에 들어갔다.

"어서 오세용!"

여자 점원이 맞이해 주었다. 그쪽으로 눈을 돌린다.

'토끼 귀 점원?!'

삐친 갈색 머리에 몸집이 작고 토끼 귀를 가진 수인 점원이다.

또렷하고 커다란 눈이 귀엽다.

"손님은 모험가이신가요? 좋은 아이템과 방어구가 갖춰져 있답니다."

생긋 웃으며 안내해 준다. 말투가 조금 특이하다. 다른 나라에서 일하다가 로제스로 온 사람일까?

그나저나 토끼 귀 점원이라. 후지양의 취향이 제대로 드러나는군.

"으음, 주인인 후지와라 씨 계신가요?"

"어라, 손님은 상인이셨나요. 거래 이야기는 제가 먼저 받겠습니다."

말투가 바뀌었다.

"아니요. 그게 아니라. 저는 후지와라 씨의 친구인데……."

점원이 나를 보는 눈이 날카로워졌다.

"주인님의 친구이십니까. 이름을 여쭈어도 괜찮을까요?"

"으음, 타카츠키 마코토입니다."

"?! 혹시 이세계에서 오신?"

"어, 네. 맞아요."

"잠시 기다려 주세요! 금방 다녀오겠습니다!"

엄청난 기세로 가게 안쪽으로 사라지더니, 작은 도구를 가지고 돌아왔다.

담뱃갑 정도 크기의 그 물건에는 버튼이 몇 개 있고 점원이 그것을 누르고 있었다.

그리고 그 도구를 입가에 댔다.

"주인님! 타카츠키 님이 오셨어요!"

"뭐라~! 거기 있소?!"

그리운 목소리가 들려왔다.

"여기요, 타카츠키 님."

점원이 통신기인 듯한 도구를 넘겼다.

"여보세요, 후지양?"

"오오오옷! 그 이름! 그 목소리는 틀림없이 타키 공이구려!"

"오랜만이야. 맥캘란에 와서 만나러 왔어."

"기다리고 있었소! 금방 돌아가고 싶지만 공교롭게도 지금부터 거래 이야기가 있으니, 저녁때 소생의 가게에서 만나도 괜찮겠소?"

"아아, 알았어. 그럼 나중에 봐."

도구를 점원에게 돌려주고 나중에 오겠다고 전했다.

'후지양, 안 변했구나.'

저런 느낌이면 옛날과 똑같이 대해도 괜찮을 것 같다. 조금 안심했다.

후지양과 약속한 때까지 아직 시간이 있으니까 도시 바깥을 탐색할까.

점원이 가르쳐 주기를, 도시 남쪽에 있는 숲에는 거대 쥐 같은 약한 마물이 나온다고 했다.

'여신님에게 받은 단검을 시험해 보고 싶어!'

"이거 굉장한데."

거대 쥐를 [물 마법 : 아이스 애로우]로 속박하고 단검으로 숨통을 끊었다.

손에 별다른 저항감이 없었다. 마치 천을 북 찢듯이 날이 슥 들어갔다.

"좋은 무기를 받았구나."

여신님께 감사하자.

"여신님, 감사합니다."

예전 세계 스타일로 두 손을 모으고 기도했다.

(그치? 감사하렴.)

여신님의 목소리가 희미하게 들렸다.

가슴을 펴고 의기양양한 얼굴을 하고 있는 여신님의 모습이 머릿속에 떠오른다.

이건 신자가 되어서 그런가? 뭐, 어때. 여신님은 귀여우니까. 좋은 구경 했네요.

거대 쥐의 가죽을 벗겨 도구점에 팔러 갔다.

모험가 길드에서도 매입해 준다지만, 기껏 왔으니 여기저기 보러 다니고 싶다!

"3000G이야."

거대 쥐의 가죽 세 장을 팔았다. 그 돈으로 여신님에게 받은 단검의 칼집을 구입했다.

그 도구점을 나와 도시를 산책했다.

도시 중심은 번화해서, 식료품점, 의류점, 무기점, 도구점 등이 늘어서 있었다.

그중에는 애완동물 용품점 같은 '사역마' 용 전문점도 있었다. 역시 이세계야.

상점가처럼 되어 있는 큰길에서 벗어나면 식당과 술집이 늘어선 먹자거리가 나온다.

거기서 더 뒤편에는 숙소가 늘어서 있고. 가장 안쪽으로 가면 수상한 가게가 늘어선 유흥가가 있다. 나는 돈이 없어서 인연이 없지만.

제일 관심이 있었던 무기점을 몇 개인가 돌아보았다.

한동안은 여신님이 주신 단검으로 괜찮을 것 같지만, 언젠가 마법검사를 목표로 하고 싶다.

나는 [마법사] 적성은 있지만, 검사가 되기에는 근력이 부족하다.

그래서 제대로 검을 휘두를 수 없다.

하지만 세상에는 어떤 직업을 가진 사람이든 달인처럼 될 수 있는 성검과 마검이 있다고 들었다.

언젠가는 그런 마법검을 찾아내고 싶다.

검을 보는 김에 여신님의 단검을 감정했다.

"손님, 이 단검은 어디서 났습니까?"

"으음, 아는 사람에게 받았어요. 가치가 있는 물건이라고 들었는데요."

"확실히 마법 효과가 몇 개 붙어 있는 물건이네요. 제대로 조사하지 않으면 세세한 건 알 수 없지만요. 그런데, 팔 생각은 있으신가요?"

이걸 팔다니 말도 안 돼!

무기점 점주가 노리는 것 같아서 황급히 돌려받았다.

마검이 없는지 가게 안을 돌아본다.

모험가 같은 사람들이 몇인가 있다. 다들 장비가 번듯하구나.

"장. 그렇게 비싼 검은 아직 필요 없잖아."

"그래도 말이야. 역시 센 마물을 해치우려면 필요하잖아?"

그런 대화를 하고 있는 전사풍 남자와 승려 같은 여자애가 있었다. 커플일까.

"어휴, 가끔은 내 장비도 사 줘."

"그럼 무기는 포기하고 에밀리의 새 옷을 살까."

"와아! 역시 장이야!"

여자애가 남자의 팔을 껴안는다. 인싸 놈, 폭발해라!

한동안 돌아다니자 약속한 시간이 되었다. 시간에 딱 맞게 후지양의 가게로 갔다. 익숙한 덩치 좋은 남자가 어슬렁거리고 있었다. 9개월 만에 보는 얼굴이다.

"후지양!" 하고 말을 걸었다.

"타키 공!"

쿵쾅쿵쾅 이쪽으로 달려온다.

"오랜만이오! 건강해 보여서 다행이오!"

"후지양도 좋아 보이네."

"자, 가게를 예약해 놓았소! 갑시다!"

장소는 음식점이 늘어선 큰길에서 한 칸 뒤에 있는, 숨겨진 것처럼 조용한 가게였다.

멋진 곳을 알고 있네~.

후지양의 단골 가게인지, 안쪽 방으로 안내되었다.

""건배.""

짠 하고 잔을 부딪친다.

후지양은 에일을 마시고 있다. 나는 과일 칵테일로 했다.

사실 가게에서 술을 마시는 건 처음이다.

이 나라에서는 열세 살부터 음주가 OK라서 불법이 아니다.

"어떠신지요?"

"어쩐지 주스 같아."

"에일로 하시겠소?"

"으음, 에일은 관둘래. 예전에 신전에서 마셨는데 쓰고 맛없었거든."

"조만간 이게 맛있게 느껴질 거요."

"에엥~ 그럴려나?"

그런 대화를 하는 사이에 속속 요리가 나왔다.

두꺼운 스테이크, 새우튀김, 민물생선회, 치즈를 듬뿍 얹은 파스타에 건더기가 가득 든 수프. 오오, 호화로워!

재빨리 튀김을 깨물었다.

"맛있어!"

"마음에 드셨을는지요."

"진짜 맛있어. 신전의 요리는 맛이 밍밍한 것밖에 없었잖아."

"그건 싱거웠지요."

물의 신전의 소박한 요리에 불평하면서 한동안 가게의 요리에 입맛을 다셨다.

"그런데 걱정했다오. 1년이나 소식이 없었으니 말이오."

"이세계인 보호 기간이 아슬아슬할 때까지 남아 있었으니까. 내가 마지막이었어. 어느 파티에도 권유를 못 받았으니까."

"그랬소……."

후지양이 안됐다는 얼굴을 했다. 그때 내가 히죽 웃었다.

"하지만 어제는 솔로로 고블린 집단에 습격 받고 있던 사람을 구했어."

"뭐라고요! 보통 고블린 집단을 혼자서 해치우는 건 [중급 마법사]나 [중급 검사]가 일반적이라고 하오. 위험했던 건 아니오?"

"글쎄. 의외로 여유 있었는데. 내가 가진 스킬이 써먹기 나쁘지 않았어."

어제 여신님에게 들었던 말을 그대로 따라해 보았다.

호오, 하고 후지양이 감탄스럽다는 듯이 들어 주었다.

"모험가 길드에서 무사히 등록도 마쳤고. 스톤 랭크부터 천천히 힘낼 거야."

"모험가인가요. 소생에겐 무리지만, 게이머로서는 좀 동경이 되는구려."

"후지양은 상인으로 성공했잖아."

"아니, 뭘. 아직이오. 가게를 만들었을 때 빚을 졌으니까 말이외다."

헤에. 그렇구나.

"점원은 토끼 귀고 말이야. 즐거워 보이네."

"푸흡."

후지양이 에일을 뿜었다.

"그러고 보니 우리 점원과 만났었지요."

"귀여웠어. 점원 씨."

"뭐, 뭐어, 얼굴로 뽑은 건 아니오만?"

진짜냐~?

"후지양의 꿈이었잖아. 그렇게 귀여운 토끼 귀 여자애를 고용하다니, 승리자네."

"여자애는 그레이트키스에서 알게 되어 호위로 고용한 점원이오. 저래 봬도 실버 랭크의 모험가라오."

"헤에. 그렇게 세 보이지 않았는데. 귀여울 뿐만 아니라 모험가로서도 일류구나."

굉장한데.

"후후후, 그 사람은 비쌌으니까 말이오…… 아."

"어?"

비쌌다고? 후지양, 너 무슨 말을 하는 거야?

"이, 잊어 주시오."

"아니아니, 무리지. 비쌌다니 무슨 말이야?"

설마, 아니. 하지만, 비싸다는 건…….

"노, 노예였다오. 그 점원은."

"우, 우와아……."

후지양이 성노예를 샀어!

"성노예가 아니오!"

마치 마음을 읽은 것처럼 반론했다.

"어디까지나 비즈니스 관계요. 급여도 지불하고 있고."

"그렇구나. 후지양의 부하라는 건가."

"그렇지요."

하지만 귀여운 점원이었으니까.

"손은 댔어?"

"무슨 소리를 하는 거요! 동물 귀를 더럽혀선 아니 되오."

여전히 잘 모를 취미다.

하지만 실버 랭크 모험가가 부하라니. 순수하게 대단하다.

과연 밖에서 사회인으로서 풍파를 헤쳐 온 사람답다. 여러 가지로 경험을 쌓은 모습이 엿보인다.

경험이라 하니 한 가지 신경 쓰이는 게 있어 물어보았다.

술도 기분 좋게 올랐고, 조금 저속한 이야기를 해도 괜찮겠지?

"그런데 후지양은 아직 동정이지?"

콜록. 후지양이 다시 마시고 있던 에일을 뿜었다.

"가, 가, 갑자기 뭘 묻는 것이오?"

'서른 살까지 동성이면 마법사가 될 수 있다'는 도시전설이 있다.

반에서는 '우리는 동정 동맹이다! 마법사를 목표로 하자!'며 둘이서 자주 이야기했었다.

사사키가 '바보 아니야?' 하고 차갑게 식은 눈으로 보던 것이 떠오른다.

그립구나. 우리의 약속은 지켜지고 있겠지?

"후지양?"

후지양은 거북한 듯이 눈을 피했다. 서, 설마······.

"상인은 여러 가지로 사교 활동이 많아서 말이오······. 그런

가게에서 접대도 있어서."

그, 그런 가게. 조금 전 도시를 탐색했을 때 봤던 수상한 가게를 떠올렸다.

"소생은 마법사의 자격을 잃고 말았다오."

"배, 배신자!"

나는 가게에서 가장 도수가 높은 화주를 주문해 입에 털어 넣으려다 뿜고 말았다.

모, 목구멍이 뜨거워! 뭐야, 이거! 독 아니야?

"지, 진정하시게! 타키 공."

"나는 침착해. [명경지수] 스킬로 언제나 쿨해."

"전혀 그리 보이지 않소!"

"하지만 잘 생각해 보니 동정인 나는 마법사가 되고, 동정을 잃은 후지양은 마법사가 되지 못했어. 즉 내가 이겼다는 거야."

"그 논리는 이상하오."

응, 알아. 그리고 이 패배감. 이 화제는 그만하자.

하지만 한동안 만나지 못한 사이에 친구가 어른의 계단을 올랐다 이건가…….

"그런데, 후지양은 신전을 나가고 나서 뭘 했어?"

상인으로 성공을 거둔 것은 틀림없는 듯하지만, 자세한 이야기를 듣고 싶었다.

"오오, 들어 주시게. 소생은 처음에 프란츠 상회라는 조직에 소속되어 있었는데……."

프란츠 상회란 대륙에서 제일 큰 상회다.

물의 신전 시절에 그곳에서 스카우트가 왔다는 이야기를 들었다.

"처음에는 [수납(특급)]을 써서 계속 짐만 옮기는 매일이었지요~."

후지양이 그리운 듯이 말했지만, 꽤 하드하지 않았을까?

"어떤 때는 무기를 들여와서 [그레이트키스]에 출하하고. 어떤 때는 광석과 금속을 들여와서 [캐머론]에 팔러 가고. 어떤 때는 [스프링로그]에서 들여온 대량의 의류를 [하이랜드]에 배달하는 일도 있었소. 거의 쉬지도 못했고, 그때는 잘 시간도 아주 적었지요."

"힘들었겠구나."

그때 후지양이 히죽 웃었다.

"하지만 소생에겐 [감정(특급)] 스킬이 있었으니까 말이외다."

여러 나라를 가서는, 각국의 시장에서 진귀한 물건을 발견해 다른 나라에 팔아서 자금을 모았다고 한다.

"그리고 나서는 상회 안에서도 믿을 만한 사람을 찾아서 독립에 도움을 받았소. 그분께는 지금도 머리를 들 수 없지요."

굉장하다. 그 행동력과 커뮤니케이션 능력은 뭐야. 나는 절대로 못해.

"그런데 만난 지 얼마 안 됐는데도 믿을 만한 사람을 잘 만들었네."

나처럼 약소 스킬밖에 없는 놈은 아무도 상대해 주지 않았다.

반대로 후지양처럼 편리한 스킬이 있는 사람에게는 이용하려는 인간이 접근할 것 같지.

"실은 말이오……."

후지양이 목소리 볼륨을 낮춘다.

"타키 공, 소생의 스킬을 기억하시오?"

"으음, [수납] 스킬, [감정] 스킬…… 그리고 [미연시 플레이어]였던가?"

"그렇소, 그 마지막 것이 문제인데 말이오."

대화 기록을 보존할 수 있는 스킬이라고 기억하고 있다.

"스킬 숙련도가 오르니 상대방의 마음을 읽을 수 있게 됐다오……."

"엥."

뭐야 그거. 굉장해.

"여신님하고 똑같은가."

"예? 지금 뭐라고?"

"나중에 말할게. 그래서 지금도 내 마음이 읽히고 있다는 거야?"

"타키 공의 발언이 신경 쓰여 견딜 수 없소만……. 소생의 스킬을 설명하겠소이다."

쉽게 말해서, [미연시 플레이어] 스킬은 대화 상대가 말하는 내용이 글자로도 기록된다는 특이한 스킬이다.

남과 이야기할 때 자신에게만 보이는 메시지창이 나와서 대화가 텍스트로 흐른다. 어드벤처 게임에서 잘 나오는 시스템이다.

미소녀 게임을 좋아하는 후지양답다고 할 수 있다. 참고로 글자는 일본어다.

　처음에는 그렇게까지 중요하게 여기지 않았다는데, 상인으로서 여러 땅의 사람들과 이야기할 때 일일이 메모하지 않아도 되는 것이 편리했다고 한다.

　그래서 주위 사람들이 매우 기억력이 좋은 인물이라며 감탄했다나.

　"실제로는 대화 로그를 검색했을 뿐이지만 말이오."

　후지양이 웃으면서 말했다.

　"이상하다고 느낀 건 반년쯤 전이었소."

　지금까지 상대방의 대화가 문자화될 뿐인 스킬이었는데, 괄호가 붙어 마음속까지 문자화해 주게 되었다고 한다.

　"안녕하세요, 후지와라 씨. 오늘도 많이 버셨네요."

　(이 이세계인 벼락부자 자식, 잘난 척하긴.)

　이런 느낌인 듯하다.

　"헤에, 상인으로서는 최강의 능력 아니야?"

　"예에, 뭐. 그렇소만."

　이 스킬 덕분에 자신을 뒤에서 나쁘게 말하거나 원한을 산 사람을 찾아낼 수가 있었다나.

　그리고 자기 편을 찾아내는 데도 매우 도움이 된다. 그렇겠지.

　"다만, 좀처럼 마음이 편하질 않아서."

　이 능력을 얻은 건 아무에게도 말한 적이 없었다고 한다.

　"나한테 말해도 괜찮아?"

"달리 말할 수 있는 상대가 없었으니까 말이오. 그리고 처음에 말하지 않으면 나중에 말하지 못하잖소."

쓴웃음을 지으며 말했다. 확실히 나중에 사실은 마음속을 읽을 수 있었다고 하면 너무 불편할 거다.

"타키 공은 소생의 능력이 꺼림칙하지 않소……?"

후지양이 머뭇머뭇 물었다.

"마음을 읽을 수 있는 지인은 두 번째라서. 뭐, 괜찮지 않아?"

"그거요, 그거! 여신이라니 대체 뭐요!"

후지양이 씩씩거린다.

뭐, 숨길 정도의 일은 아니다. 어차피 마음을 읽히고 있고.

"실은 어젯밤 일인데……."

꿈속에서 여신님의 신자가 된 것을 전했다.

[소울 북]을 후지양에게 보여준다.

"흐음, 확실히 [여신의 첫 번째 신자]라고 나와 있는데, 이름이 없는 것이 묘하구려."

"그렇다니까. 이래선 신자를 늘릴 수도 없고."

"그 여신님, 괜찮은 것이오?"

후지양은 걱정스러워 보였다.

오랜만에 만난 친구가 수상한 종교에 들어가 버린 느낌인가. 응, 그거 걱정되겠다.

"그러고 보니 신자가 된 여신님에게 단검을 받았어. 후지양, 감정해 줄 수 있을까."

"호오! 여신님의 단검! 굉장할 것 같군요. 꼭 보여 주시오."

(아, 잠깐, 안 돼.)

머릿속에서 목소리가 들렸다. 뭐지?

"후지양, 이건데."

"후오오오! 심플하면서도 아름다운 장식. 언뜻 미스릴로도 보이지만 본 적이 없는 금속이군요. 명백하게 마력을 띤 희귀한 소재! 이것은 상당한 물건!!"

"아무래도 감정 방해 마법이 걸려있는 듯하오."

"하지만 소용없소오! 소생의 감정 스킬은 단련하고 갈고닦은 거란 말이오!"

즐거워 보이네.

후지양이 흥분한 기색으로 단검을 쳐다보고 있다.

한동안 콧김을 내뿜으며 쳐다보고 있더니, 잠시 후 딱 굳었다.

갑자기 아무 말도 하지 않고 단검을 응시한다.

항상 싱글싱글 웃는 후지양이 눈을 부릅뜨고 있다. 좀 무섭다.

"후지양? 왜 그래?"

"으, 으음. 타키 공. 이 단검은 여신님에게 받았다고 말씀하셨지요?"

"응, 그런데."

뭐지? 감정 결과가 어떻길래?

"후지양? 결과를 알고 싶은데."

몹시 말하기 힘든 얼굴로 후지양이 입을 열었다.

"타키 공의 단검. [사신(邪神) 노아의 단검]으로 감정되었소이다……."

"······."

아무래도 나는 사악한 신의 신자가 되어 버린 모양이다.

······························진짜냐.

머리가 한순간 얼어붙었다.

"타, 타키 공?"

"난감하네······."

친구와 재회해서 고조돼 있던 기분이 단숨에 내려갔다.

확실히 그 여신님은 좀 수상했다. 하지만 설마 사신이었을 줄이야. 당했어.

"애초에 사신이란 게 뭐였지?"

"으음, 분명, 신화에서는 신계전쟁에서 패배한 고대의 신들이라고 하지요."

──세계의 정점에 있는 신계의 지배자.

신화에 따르면 이 세계의 지배자는 과거에 세 번 바뀌었다.

최초의 지배자는 세계를 창조한 [창조신].

창조신은 언젠가 이 세계를 떠나갔다.

다음 지배자는 창조신의 아들딸들이었다.

그들은 [오래된 신족], [구 지배자], [티탄 신족]으로 불린다. 그들의 지배는 오래도록 이어졌다.

이윽고 [오래된 신족]은 방만해져 자신들 이외를 하등한 생물이라 멸시하고 하찮게 취급했다. 이에 반발한 것이 현재의 지배자 [성신족]이다.

그 후 [오래된 신족]과 [성신족] 사이에 전쟁이 일어났다.

신계전쟁, [티타노마키아].

격렬한 싸움 끝에 [성신족] 측이 승리했다.

그들이 현재 신계의 지배자이다.

그리고 [오래된 신족]은 사신으로 불리고 있다.

물의 신전에서 이런 신화를 배웠다.

"아무래도 내가 신자가 된 여신님은 [오래된 신족]이었던 것 같네. [오래된 신족]은 지금도 어딘가에 유폐되어 있고, 신계의 탈환을 노리고 있다고 했던가?"

"타키 공이 계약한 여신님은 그런 부류인 듯하구려."

"큰일 났네."

그렇게 위험한 여신님이었나.

"타키 공. 계속 그 여신님의 신자로 있을 것이오?"

후지양이 걱정스럽게 말했다.

"으음⋯⋯."

솔직히 아직 혼란스럽다.

아무 말도 못 하고 조용히 있자 후지양이 화제를 바꿔 주었다.

"그런데 이 단검은 굉장하오! 무기의 이름 외에 무기의 능력도 감정했다오!"

그런가. 확실히 베는 맛이 엄청났다.

무기점에서는 제대로 감정을 받지 못했기에 궁금하다.

"참고로 어떤 능력인데?"

"소재는 전설의 금속 아다만타이트로군요. 내구도는 신(神)급이오. 신의 힘으로 다양한 능력이 부여되어 있어서 [신격(神擊)], [불괴(不壞)], [참마(斬魔)], [마나 공명], [정신 공명]······ 들어본 적 없는 효과도 많구려. 그 밖에도················."

"헤에······."

후지양이 단검의 능력에 대해 자세히 설명해 주었다.

어? 이거 치트 무기야?

"이 단검, 혹시 대단한 건가?"

"대단하다는 말로는 부족하오! 지금까지 소생이 봐 온 무기 중에서 압도적으로 최강이오. 국보 대접을 받아도 될 물건이오!"

"헤에······."

흐음, 아무래도 신기라고 했던 건 진짜인가 보다.

이 세계에 와서 첫 치트가 손에 들어왔다. 사신과의 계약과 맞바꾼 거지만.

"여신님. 좋은 물건을 주셔서 감사합니다."

두 손을 모으고 기도한다.

"사신이라는 건 괜찮은 것이오?"

"그건 따져야지."

"허나 만나기는 어렵겠지요?"

"글쎄, 의외로 지금 대화도 보고 있을지도 몰라."

"뭣이! 진짜요?"

후지양이 두리번두리번 주위를 둘러본다. 언제나 보고 있겠다고 말했었으니까.

　보고 있어요? 여신님.

　(…………．)

　대답은 없었다. 뭐, 아무렴 어떠랴.

　"계속 신자로 있을지 말지는 천천히 생각할래."

　"그렇소이까. 뭔가 힘이 될 수 있는 일은……. 상대가 신이어서야. 소생이 할 수 있는 일은 얼마 없을지도 모르겠소만, 상담해 주시게."

　"고마워."

　이때 후지양이 에일을 비워 버렸다. 참고로 세 잔째다.

　그리고 점원에게 물에 희석한 화주를 주문했다.

　"후지양, 술 세구나."

　나는 아직 첫잔이 반 정도 남아 있는데.

　"상인을 하다 보면 술만 먹게 된다오."

　쓴웃음을 짓는 후지양은 경험자의 표정을 지었다.

　"나는 상인은 못 되겠다."

　그렇게 많이 못 마셔.

　"느긋하게 모험가를 할 거야."

　잔에 든 술을 조금만 마셨다.

　그때 후지양이 문득 생각난 듯이 말했다.

　"그런데 이런 이야기는 들어보셨소? 향후 10년 이내에 대마왕이 부활한다고 하던데."

　뭐라고?

"몰랐어. 진짜야?"

"그런 소문이 퍼지고 있다오. 달을 제외한 6대 여신님의 무녀가 신탁을 받았다던가."

"처음 알았어. 그렇다면 용사로 선택된 녀석들은 큰일이겠네."

◦빛의 용사 사쿠라이라거나. 그건 그렇고 대마왕이라.

내가 좀 더 강했다면 도전해 보고 싶지만.

"우리끼리 하는 얘기오만, 우리가 이세계에 불려온 것은 부활하는 대마왕과 싸우게 하기 위해서는 아닌지? 하는 소문도 있다오."

후지양이 작은 목소리로 말했다.

"있을 법하지만, 그렇다면 난 더 강한 스킬을 받았으면 좋았겠어."

"아니아니, 소생은 싸움은 잘 못하오. 상인이 어울리지요."

"그런가. 후지양은 자기한테 맞는 스킬 같아서 다행이네."

나는 좀 더 전투 시에 강해지는 스킬이 갖고 싶다.

"지금은 각국이 대마왕과의 싸움을 앞두고 전력을 모으고 있다고 하오."

"아, 그래서 물의 신전으로 여러 나라에서 스카우트하러 왔던 건가."

후지양은 정보통이다. 여러 가지를 알고 있어서 도움이 된다.

"그런데 앞으로 타키 공은 어쩔 생각이오?"

"한동안 모험가를 하면서 레벨을 올릴 거야."

"괜찮다면 소생과 파티를 짜지 않겠소?"

"후지양하고?"

상인인데 싸울 수 있는 건가. 조금 전에 싸움은 잘 못한다고 말하지 않았던가?

이야기를 잘 들어 보니 상인은 싸울 수 없지만 모험가를 고용해 던전 탐색 등을 한다고 한다. 낮에 만난 점원은 실버 랭크의 모험가였고.

후지양이 돈으로 고용한 전력과 함께 안전하게 모험할 수 있다. 매력적이다.

하지만 그랬다간 너무 몸이 편해지고, 후지양에게만 의지하게 된다.

"말은 고맙지만, 우선은 솔로로 힘내 볼 거야. 그러려고 신전에서 수행했으니까."

"그렇소? 곤란할 때는 언제든 말해 주시오."

고마운 말을 해 준다. 역시 사람은 좋은 반 친구를 사귀어야 하는구나.

그 후로는 지난 세계의 추억담과 이쪽 세계에서 즐거웠던 일 등의 화제로 꽃을 피웠다. 지난 세계의 추억은 뭐니 뭐니 해도 게임 이야기였다.

1년이나 지났으니 분명 다양한 타이틀을 놓쳤겠지.

이쪽 세계에서 후지양은 온 대륙의 먹거리를 시험해 본 모양인데, 의외로 맛있는 게 많다고 칭찬했다.

하지만 이 세계에 라멘이 없는 게 불만이라고 한다.

그래서 언젠가 라멘 체인점을 내겠다고 벼르고 있었다.

나는 햄버거가 먹고 싶네. 옛날에는 게임과 치즈버거와 감자 튀김, 콜라가 있으면 살아갈 수 있었다. 그립다.

　"타키 공은 너무 건강하지 못하오. 햄버거와 감튀로 사흘간 철야는 위험하잖소."

　"아침밥으로 라멘이나 카레를 먹는 후지양한테 그런 말 듣고 싶지 않은데."

　"요즘은 못하지요."

　"이쪽 세계에선 건강해지지. 신전의 식사는 싱거운 채소 수프나 죽 같은 거였잖아."

　"신전의 싱거운 요리는 이제 떠올리고 싶지도 않구려. 다음에 상업의 나라 캐머론에 가면 좋소. 거기는 부자 나라여서 음식이 맛있으니 말이오."

　"헤에, 그렇구나. 하지만 물가가 비쌀 것 같아."

　밤늦게까지 이야기하다, 헤어진 것은 심야 근처였다.

　후지양이 자기 집에 묵고 가지 않겠냐고 여러 번 권했지만, 너무 기대는 것도 좋지 않다 생각해 거절했다.

　가게에서는 돈을 후지양이 전부 내 줬으니까. 다음에는 내가 사야지.

　나는 모험가 길드로 돌아가 모험가용 휴게실(큰방) 구석에서 모포를 둘둘 말고 모험가로서의 첫 밤을 보냈다.

　다른 모험가의 코고는 소리나 잠꼬대로 시끄러웠지만 피곤해서 금방 잠들었다.

◇

그날 밤, 다시 꿈을 꾸었다. 아무것도 없는 공간이다. 하루만이다.

"뭐 하세요? 여신님?"

여신님이 큰절을 하고 있었다.

몸을 반듯하게 숙이고 손을 모았다. 슬쩍 보이는 목덜미가 섹시하다.

아니, 이게 아니라.

"노아 님."

다정하게 부른다. 여신님의 어깨가 움찔 떨렸다.

"여신님의 이름 맞죠?"

"……………………………………네."

가냘픈 목소리로 대답이 돌아왔다.

"사신이었어요?"

"……."

대답이 없다.

"일단 얼굴을 보여주세요. 계속 큰절을 받고 있으면 불편하다고요."

"계속 신자로 있어 줄 거예요?"

여신님은 머리를 들지 않는다.

"……."

끄응.

"말없이 있지 마!"

여신님이 얼굴을 들고 벌떡 일어나더니 내 어깨를 붙잡았다.

"미안해! 속일 생각은 없었어. 말하지 않았을 뿐이야."

그걸 사기라고 하는 거 아닌가?

"사기 아니야! 그리고 여신인 건 틀림없으니까!"

"하지만 [오래된 신족]이죠?"

" '고대' 라고 하는 것도 좀 그래. 불쾌한 표현이야. 난 티탄 신족 중에선 젊은 편인데."

토라진 듯이 허공을 차는 동작을 한다. 여전히 귀엽다.

아, 히죽 웃었다. 마음을 읽을 수 있었지.

"귀여운 여신님. 다음 신자를 찾아 주세요. 안녕히 계세요."

여신님의 얼굴이 굳었다.

"무리무리무리야! 신자를 한 명 만드는 데 천 년을 기다렸어! 신의 힘은 신자가 없으면 계속 약하고. 나는 사신 취급을 당하고 있으니까 이 세계에선 신자가 거의 안 생겨. 이세계인 정도밖에 권유할 수 없다고!"

그 이세계인도 거의 6대 여신에게 빼앗겼죠.

"이, 있잖아, 그 단검 좋았지?"

"이거요?"

허리의 단검에 눈길을 준다. 후지양의 이야기로는 확실히 어마어마한 무기였다.

이 세계에서 착실하게 모험해서 손에 넣을 수 있는 물건은 아닐 거다.

"하지만 감정하다가 사신이라는 사실을 들켜 버리는 건 좀 허술했죠."

"아니야! 보통 감정으론 안 들킬 거였어!"

후지양의 스킬이 보통이 아니었다는 건가.

과연 [감정(특급)]이다. 아니, 속일 생각이 가득했잖아요.

"아니, 하지만 있지. 그게……."

여신님은 우물쭈물하고 있다.

좋은 변명이 떠오르지 않는 모양이다.

하지만 뭐, 사신이라는 건 숨겼지만 받은 무기의 성능은 진짜였다.

물의 신전에서는 무기를 받지 못했고, 이 단검이 있는 것과 없는 것은 꽤나 다르다.

그렇다면, 해야 할 말은.

"노아 님. 이 단검은 고맙습니다. 소중하게 다룰게요."

"마음에 들었다면 다행이야."

생긋 웃는다. 이렇게 보면 전혀 사신으로는 보이지 않는다.

"아니, 사신이라는 건 [성신족]의 신자 무리가 멋대로 하는 말이거든? 나도 여신이거든?"

입술을 삐죽이며 그렇게 말했다. 그런가. 확실히 여신이라는 건 거짓말이 아니다.

그렇게 생각하면, 첫 만남에서 한 대화도 사기는 아닌가.

"좋아요. 계속 신자 할게요."

"지, 진짜?"

"네에."

솔직히 기뻤다.

이 세계에 와서 '기대한다'고 말해 준 건 여신님뿐이었다.

다른 사람에게는 바보 취급을 당하거나, 동정을 받거나, 걱정만 받았다.

아, 근데 마음속을 읽히고 있잖아. 역시, 동정일까?

그런 생각을 하고 있는데 갑자기 여신님이 다가왔다.

"마코토."

여신님에게 끌어 안겼다.

"당신은 소중한 내 신자야. 기대하니까, 천천히 강해지렴."

"이건 너무 부자연스러워서 수상한데요."

"너, 너무해! 열심히 했는데!"

여신님이 머리를 딱딱 때렸다. 미안하게 됐네요.

[명경지수] 스킬과 [RPG 플레이어] 스킬이 우수해서.

나 자신이 여신님에게 안겨 있는 모습을 옆에서 보는 건 쑥스럽다.

어찌 됐건 계약은 지속된다. 여신 노아 님의 신자로서 힘내 볼까.

"그런데 다시 묻지만 여신님이 지시하실 건 없나요?"

"왜 그렇게 신탁을 원하는 거야?"

"여신님과 만난 이벤트가 단검을 받는 것뿐인 건 좀."

대체로는 마왕을 쓰러뜨리라든가, 무리한 일을 시키는 법이라고 생각한다. RPG의 약속이니까.

"이상한 신자네."

곤란한 얼굴로 여신님이 말했다.

"그럼, 이런 건 어때? 나는 현재 [성신족] 무리에게 거스른 죄로 감금 중인데, 나를 구하러 와 주는 건."

오오! 왕도 이벤트다. 사로잡힌 여신님을 구하라.

좋은 시추에이션이잖아. 그래그래, 그런 거면 된다고.

"노아 님이 있는 곳은 [오래된 신족]을 가뒀다는 장소인가요?"

"아, 그건 다른 곳이야. [오래된 신족]이 유폐된 곳은 [타르타로스]. 인간은 절대로 갈 수 없는 장소지만, 나는 아직 젊은 신이라서 다른 곳에 있어. 아슬아슬하게 인간도 발견할 수 있는 곳이야."

그런가. 신화만 들어서는 알 수 없는 사실도 잔뜩 있을 것 같다.

"내가 있는 곳은 말이지, 심해의 해저신전."

"예? 지금 뭐라고 하셨어요?"

"해저신전이야."

──심해의 가장 심연에 있는 던전.

이 세상에서 가장 깊은 위치에 있다는 미궁. 그 최종지점에 있는 해저신전.

여신 노아 님이 말한 것은 이 세계의 탑3 난이도 던전 중 하나였다.

인류가 도달하지 못한 던전인데요.

"아하하, 역시 관둘래?"

여신님은 생글생글 웃는 얼굴로 물었다.

난이도가 높다는 말을 들으면 불타오르는 성질을 가진 나에게 관두겠냐고?

"갈 거예요. 거기를 목표로 할 테니까. 단검을 주신 보답으로 반드시 구해낼 겁니다."

내가 뜨겁게 말했지만 여신님은 조금 곤란한 듯한 얼굴로 미소 지었다.

"단검은 신자가 되어 준 보답이니까 신경 쓰지 않아도 되는데. 매일 기도해 주면 조만간 가호와 추가 스킬을 얻을 수 있을지도 모르니까, 계속 신자로 있는 편이 이득이야."

신문 구독 영업 같은 소리를 하는 여신님이군.

"어머, 실례잖아. 그럼 슬슬 일어나렴."

의식이 멍해지기 시작했다.

"마음이 내키면 나를 구하러 오렴. 느긋하게 기다릴게."

노아 님이 미소 지으며 손을 흔들고 있다.

느긋하게라니, 내 수명은 앞으로 9년인데.

우선 레벨 올리기와 수명 늘리기를 할까.

"나를 해방해 주면, 뭐든 해달라는 대로 할게."

약삭빠르긴. 또 대충대충 말한 거 아니에요? 여신님.

◇

아침에 일어나 [소울 북]을 보았다. 거기에는 [여신 노아의 첫 번째 신자]라고 갱신되어 있었다. 사신 칭호가 없어서 다행이다.

'힘낼게요. 노아 님.'

단검을 두 손으로 쥐고 기도를 올린다.

"좋아, 해 볼까."

오늘부터 맥캘란에서 모험가 생활이 시작된다.

모험가 길드 휴게실에서 나와 접수처로 갔다. 이른 아침 시간이라 텅 비었다.

접수처에서 모험 신청을 했다. 접수원 누님은 금발에 가슴이 큰 미인 누님.

"음, 타카츠키 씨의 레벨과 모험가 랭크라면, 이쯤이겠네요."

길드 접수 누님이 안내해 준 의뢰는……

· 대삼림에서 뿔토끼 포획(세 마리)
· 그레이트키스로 가는 짐마차의 짐꾼(2식+숙박비 포함)
· 하이랜드로 가는 짐마차의 짐꾼(3식+숙박비 포함)

끙. 수수한 퀘스트밖에 없네.

"마물 토벌 같은 건 없나요?"

"당신은 솔로죠? 최근에는 파티용 토벌 퀘스트밖에 없거든요."

"그런가요……. 그럼 뿔토끼 포획으로 할게요."

"네, 접수했습니다. 덧붙여 고블린이나 오크가 나오면 퇴치 또는 보고해 주세요. 상시 퀘스트라서 보수도 나옵니다."

"헤에."

그랬구나. 몰랐다.

"당신 레벨로는 퇴치하기 어려울 거예요. 발견해도 도망치는 게 좋아요."

"하아……."

그렇군요. 뭐 오크는 본 적이 없다. 마주치고 나서 싸울지 말지 정하자.

"다른 질문 있으신가요?"

"아니요, 괜찮습니다."

"그래요, 그럼 힘내세요. 자, 다음 분!"

모험가 길드를 나와 서문으로 향한다. 문지기에게 길드 면허증을 보여주자 바로 통과시켜 주었다.

그리고 힘내라는 말을 건네주었다.

가볍게 머리를 숙이고 숲 쪽으로 향했다. 대삼림으로 간다.

──대삼림.

로제스와 인접한 스프링로그. 그 대부분을 차지하는 거대한 삼림이다.

대삼림 안에는 천연 던전 [헤매는 숲]과 강한 마물이 많이 서식하는 [마의 숲] 같은 위험한 장소도 많다.

참고로 내가 1년간 수행했던 물의 신전 뒤편은 [정령의 숲]으로 불린다.

마물이 거의 나오지 않는 안전한 장소다.

이번 퀘스트는 대삼림에 널리 서식하는 [뿔토끼]라는 짐승.

겉모습은 토끼에 뿔이 난 귀여운 동물이지만, 마물이다.

참고로 마물의 [위험도]는 클래스로 나뉜다.

· 클래스 0(무해)······ 일반인도 처치 가능

· 클래스 1(위험도 하위)······ 스톤 랭크 모험가 권장

· 클래스 2(위험도 중위)······ 브론즈 랭크 모험가 권장

· 클래스 3(위험도 상위)······ 아이언 랭크 모험가 권장

· 클래스 4(위험도 재해 지정 · 마을)······ 골드 또는 실버 랭크 모험가 권장

· 클래스 5(위험도 재해 지정 · 도시)······ 플래티넘 랭크 모험가 권장

· 클래스 6(위험도 재해 지정 · 국가)······ 미스릴 랭크 모험가 권장

· 클래스 7(위험도 재해 지정 · 대륙)······ 용사 또는 오리하르콘 랭크 모험가 권장

· 클래스 8(위험도 재해 지정 · 세계)······ 구세주가 아니면 어려움

이런 느낌이다. [뿔토끼]는 클래스 0, 즉 일반인인 나라도 해치울 수 있다.

사람은 습격하지 않고 농작물을 망치는 유해동물. 그래서 토벌 퀘스트 대상이 되었다.

고기는 식용으로 인기가 있다고 한다.

"있다."

갈색 토끼의 이마에는 작은 뿔이 있다. 성장하면 뿔이 커진다던가.

'물 마법 : 아이스 애로우.'

은밀 스킬로 다가가 뿔토끼가 알아차리기 전에 아이스 애로우를 발사한다.

내 마법은 위력이 약해서 한 번에 죽일 수 없다. 숨통은 단검으로 끊었다.

금세 세 마리 사냥이 끝났다.

돌아갈까 했는데 [위험감지] 스킬에 반응이 있었다.

이 느낌, 고블린일까? 아마 고블린 부락이 근처에 있겠군.

대삼림 지리에 밝지는 않지만 사전에 예습해 둔 기억으로는 마의 숲이 가까울 터이다. 강한 마물은 마의 숲 안쪽에 있다.

약한 마물은 마의 숲 바로 앞에 있다고 한다. [색적] 스킬을 사용했다.

'숫자는 마흔 마리 정도인가.'

지난번에 싸웠을 때보다 네 배나 되는 숫자. 일반적으로 생각하면 도망칠 수밖에 없다.

하지만 마의 숲 근처는 깊은 안개로 덮여 있어 시야가 거의 안 보인다.

나는 [색적] 스킬로 적이 있는 장소를 파악할 수 있으니 문제없다.

'몇 마리인가 단독행동 중인 놈이 있군.'

[은밀] 스킬을 써서 각개격파하면 어느 정도 숫자를 줄일 수 있을지도 모른다.

'어떡할까?'

[고블린과 싸우겠습니까?]

예 ←

아니오

[RPG 플레이어] 스킬이 분위기를 파악하고 선택지를 띄워 주었다.

길드에 보고는 할 거지만 이왕이니 해치워 버려도 괜찮겠지?

'불길한 소리 하지 마!'

그런 목소리가 들린 듯했다. 여신님, 보고 계시군요.

나는 [은밀] 스킬로 발소리를 지우고 혼자서 걷고 있는 고블린에게 슬금슬금 신중히 다가갔다.

◇어느 길드 접수원의 시점◇

오늘 이상한 신입 모험가가 찾아왔다. 이름은 타카츠키 마코토. 얼마 전에 세간을 떠들썩하게 했던 이세계인 중 한 명이다.

놀라운 건 그 스테이터스.

'야, 약해…….'

평범한 모험가는커녕, 잘못했다간 여자나 아이에게도 질 것 같은 스테이터스.

이 아이에게 모험가는 무리가 아닐까……. 아니, 나는 길드 직원이다.

그런 말을 해서는 안 된다. 그리고 [소울 북]을 보고 깨닫고 말았다.

남은 수명이 앞으로 9년. 그는 모험을 하여 선행을 쌓아야만 한다…….

'큰일이겠네……. 힘내렴.'

나는 마음속으로 응원했다.

그리고 다음 날.

'그 아이가 찾아왔어…….'

그 아이는 뿔토끼 사냥 퀘스트를 받고 나갔다.

'일단, 고블린이나 오크와 만나면 도망치라고 주의는 줬는데…….'

신인 모험가에게 자주 있는 일이, 자신의 힘을 과신하며 모험을 해 버리는 것. 일반적으로는 위험도 하위라고 하는 고블린조차도 숫자가 많으면 강적이 된다. 하지만.

"엑! 고블린을 해치웠다고?"

"네." 하고 조금 득의양양하게 모험가증을 내미는 마코토 군.

모험가증을 보니 분명하게 고블린을 해치웠다고 기록되어 있었다.

심지어 고블린을 다섯 마리나?

"확인했습니다…… 하지만 무리하면 안 돼요. 당신은 스톤 랭크이고 오늘이 모험 첫날이니까요."

"딱히 무리는 안 했는데요……."

긁적긁적 얼굴을 긁는 타카츠키 마코토 군.

'음, 멋 부리긴.'

신인 모험가 중에 간혹 있다. 필사적으로 마물을 해치우고 길드 접수원에게는 '쉬웠어요.' 라고 말해 버리는 젊은 모험가가.

"아무튼! 당신은 신인이니까 퀘스트 대상 이외의 마물을 봐도 도망치는 게 상책이에요. 알겠어요?"

"네에……."

검은 머리 검은 눈에 약간 못 미더워 보이는 소년은 애매한 얼굴로 고개를 끄덕였다. 후우, 이렇게까지 말했으니 알아들었겠지. 그리고 다시 다음 날.

"고블린을 열 마리 해치웠다고?!"

왜 늘어난 거야!

"아, 안 다쳤어요? 아, 혹시 다른 모험가와 함께 해치웠어요?"

"아뇨? 저 혼자서요."

말도 안 되잖아! 고블린 열 마리라니, 브론즈 랭크의 모험가 파티라도 무사히 해치우진 못한다고!

하지만 모험가증에는 분명하게 고블린 열 마리 토벌 완료라고 쓰여 있다.

모험가증의 기록은 절대적이다. 꾸며낼 수 없다.

"그럼 보고는 끝났으니 이만 가 볼게요."

마코토 군이 나가려고 했다.

난감한데……. 신인 모험가는 많이 봤지만, 저 아이는 너무 치열하다.

분명 가까운 시일 내에 돌이킬 수 없는 큰 부상을…….

"루카스 씨!"

나는 베테랑 모험가에게 얘기하러 갔다.

루카스 씨는 골드 랭크 모험가. [용 사냥꾼 루카스]라는 별명을 가진 엄청난 실력자다. 젊었을 때는 온 대륙의 던전을 돌았고, 대미궁 [라비린토스]에서는 그 이름을 모르는 자가 없다.

현재는 일선에서 벗어나 맥캘란에서 느긋하게 모험을 하면서 신입 모험가를 교육하고 있다. 루카스 씨라면 마코토 군의 무모함을 막아줄 거야.

후우, 이제 안심일까? 그리고, 다음 날.

루카스 씨와 함께 마코토 군이 모험을 마치고 돌아왔다.

"이봐, 마리. 이 녀석 재미있어."

마리는 내 이름이다.

"루카스 씨, 마코토 군에게 지도해 주셨나요?"

돌아온 두 사람에게 오늘의 활동내용을 물었다.

"마코토 녀석, 혼자서 고블린을 열다섯 마리나 잡았어."

"에에에에에엑! 루카스 씨?! 마코토 군은 신인이라고요! 왜 싸우게 하신 거예요!"

열다섯 마리라니! 웬만한 고블린 소대잖아!

"고블린이 있던 장소는요?!"

혹시 고블린 소굴이 도시 가까이에 있다면 큰일이다.

즉시 소굴을 없애지 않으면 큰일이 생긴다!

"아아, 괜찮아. 이 녀석이 언제나 고블린 사냥을 하는 곳은 마의 숲 근처야."

루카스 씨가 아무렇지 않은 듯이 말했다.

"마, 마의 숲?! 마코토, 항상 그런 데 갔던 거니?!"

마의 숲이란 맥캘란 근방에서 가장 위험한 던전 중 하나다.

그곳에는 마력을 지닌 마수(魔樹)를 먹이로 삼는 마물이 대량으로 서식하고, 또한 그 마물들을 먹이로 삼는 강력한 육식 마물들의 영역이다. 권장 모험가 랭크는 실버 랭크 이상.

"안 되지! 마코토. 그런 데 가면."

"아뇨, 아니에요. 마의 숲에는 안 들어갔어요. 마리 씨가 말한 대로."

난처한 얼굴을 하는 마코토 군.

"아아, 이 녀석 마의 숲에서 떨어져 나온 고블린만 사냥하고 있어. 무리에서 낙오한 고블린 말이야."

"아, 그런 건가요."

낙오 고블린. 무리에서 떨어져 새로운 소굴을 만들려 하는 고블린.

대부분의 낙오 고블린은 모험가에게 사냥당하지만, 개중에는 강해져서 큰 무리를 만드는 것도 있다. 그런 의미에서 마코토 군의 활동은 올바르다.

"좋아, 마시러 가자! 마코토. 마실 줄 알게 되어야 어엿한 모험 가라 할 수 있지."

"우엑…… 술은 잘 못 마시는데요."

"걱정 마라, 오늘은 내가 사마."

"저기, 루카스 씨……. 제 이야기는 아직 안 끝났……."

"맛있는 꼬치구이 노점이 있다고. 이세계에선 닭꼬치라 한다는군."

"네? 닭꼬치요? 갈게요."

"오냐, 주인은 내 옛 친구다. 거기 에일과 꼬치구이 조합은 최고라고."

루카스 씨가 또 신인을 술자리에 꾀고 있다.

꿀꺽. 으으, 나도 마시고 싶어졌는데……. 나도 나중에 낄까.

그 후로도 마코토 군은 매일 고블린을 사냥하고 있다. 고블린을 해치운 숫자의 증가세는 스무 마리에서 멈추었다. 하루에 스무 마리가 딱 좋다고 한다.

"지나침은 모자람만 못한 법이거든요. 마리 씨."

"뭐야 그게?"

"저희 세계의 격언이에요. 뭐든지 적당히 하는 게 최고죠."

산뜻한 얼굴로 말했다. 솔로 수습 마법사가 고블린을 스무 마리 해치우는 건 적당한 게 아니라고 말하는 건 포기했다.

그 아이는 파티도 안 만들고 담담히 고블린을 사냥했다.

정신을 차려 보니 맥캘란 모험가 길드에서 최단 기록으로 브론즈 랭크로 승격돼 있었다.

최근에 그 아이를 궁금해하는 모험가가 늘어났다. 나도 점점 궁금해졌다.

진짜, 이상한 애야…….

4장 타카츠키 마코토, 첫 동료가 생기다

"오, 기대의 신인, 고블린 청소부^{클리너}가 돌아왔군."

"매일 잔챙이 사냥하느라 수고가 많아."

"가끔은 거물도 사냥하라고."

"안 돼, 쟨 [수습 마법사]인걸."

"심지어 솔로래."

"솔로 수습 마법사라니 있을 리가 없잖아."

"그게 있다니까, 여기에."

""아하하핫.""

모험가 길드에 돌아오자마자 야유가 날아왔다. 왜 이렇게 된 거지.

──모험가가 된 지 3개월이 지났다.

첫 퀘스트에서는 무사히 뿔토끼를 납품할 수 있었다.

덤으로 고블린 다섯 마리 토벌을 보고했다. 길드 누님이 '에 엑? 못 믿겠어'라고 말하더니, '무리했구나.'라고 어이없어했다.

딱히 무리하지는 않았는데 말이지.

길드 직원을 놀라게 해서 기분이 좋아진 나는 다음 날부터 매일 고블린을 사냥했다.

이것이 모험가 길드에서 약간 화제가 되었다.

고블린 사냥 장소를 캐묻기에 마의 숲 근처라고 대답했더니 납득했다. 마의 숲 근처에 고블린이 많이 있는 건 괜찮은 모양이다. 사람 마을 근처는 곤란하다고 한다.

하지만 길드 누님에게는 '마의 숲은 스톤 랭크에겐 너무 위험해. 브론즈 랭크가 되고 나서 가렴.' 하고 주의를 받았다.

아무래도 모험가 랭크를 올리고 싶어서 무리하고 있다고 생각하는 것 같다.

하지만 내 목적은 '레벨 올리기'와 '수명 연장'이다.

모험가 랭크는 그렇게까지 중시하지 않는다. 모험가 랭크를 올려도 수습 마법사인 것만으로도 다른 모험가에게 바보 취급을 당하고 말이지…….

레벨이 오르면 스테이터스가 약간 올라간다. 체력이나 근력이나 마력 등. 하지만 내 스테이터스는 잘 안 늘어난다. 하아…… 강해질 수가 없네.

그건 둘째 치고, 고블린은 사람을 습격하는 위험한 마물이라서 해치우면 [공헌] 포인트가 쌓이는 것도 기쁘다. 뿔토끼나 거대 쥐는 포인트가 되지 않는다.

[공헌] 포인트가 쌓이면 수명이 늘어난다.

내 수명은 아직 10년이 조금 안 된다. 차근차근 쌓아 나갈 수밖에 없다.

그건 그렇다 쳐도 레벨업 자체는 즐겁다.

RPG 게임은 레벨업 순간이 가장 기분이 좋다. 이 이세계라면 더더욱. 레벨업 축하 팡파르가 터지지는 않지만. RPG 플레이어 스킬이 그 정도는 해 주면 좋을 텐데.

고블린 사냥은 익숙해지면 편하다. 위험 부담이 낮고 착실하게 레벨업할 수 있다.

마의 숲 근처에서 고블린을 찾아내서 마구 사냥했다.

그 결과 [고블린 클리너]라는 별명이 생겼다.

'꼴사납잖아. 이왕이면 더 멋진 별명이 좋았는데.'

"이것들이. 고블린 사냥도 조금은 인정해 주자고. 혼자서 열심히 애쓰고 있잖아."

"그렇게 말한다면 네가 파티에 초대해 주라고."

"이봐, 물 마법밖에 못 쓰는 수습 마법사는 어떡하면 좋냐?"

"그러니까 말이야. 하하하!"

불쾌한 대화가 들려온다. 무시하자.

"아저씨, 모듬 꼬치구이요."

"오냐."

길드 입구에 있는 꼬치구이 노점 앞 벤치에 앉아 노점 점주에게 주문했다.

"마실 건 어떡할래?"

"애플 소다요."

이 가게는 꼬치구이와 술을 주문하는 게 기본이다.

하지만 나는 술을 잘 못 마셔서 언제나 청량음료다.

"그리고 주먹밥도요."

"오냐."

꼬치가 구워지길 기다리며 소금 맛이 밴 주먹밥을 깨문다. 원래 세계의 쌀에 비하면 조금 딱딱하다. 눈앞에서 양념이 타는 냄새가 콧구멍을 간질인다.

길드의 노점은 여기 말고도 여러 군데가 있지만 여기가 제일 마음에 든다.

맛이 닭꼬치에 가깝다. 듣자니 이 맛은 옛날 이세계인이 퍼뜨렸다던가. 그 이세계인은 내가 살던 나라 출신이려나 싶다.

"모듬 꼬치구이다. 오래 기다렸지."

꼬치구이 다섯 개 세트가 눈앞에 놓인다. 대삼림에서 잡히는 뿔토끼 고기다.

첫 퀘스트 의뢰처는 이 가게였다. 그 이후로 단골이 되었다.

매콤달콤한 양념 맛의 탱탱한 다릿살 꼬치구이를 크게 깨물었다. 육즙이 입속에 퍼진다.

"언제나 맛있네요."

"고맙군. 그런데 오늘 사냥은 어땠어?"

주인장은 낯익은 사이라서 스스럼없이 대화할 수 있다.

"고블린 스물두 마리에 뿔토끼 다섯 마리요. 고기는 이 가게에 납품해 달라고 길드에 잘 말해 놨어요."

"늘 고맙다, 마코토. 음료수 값은 안 받으마."

이것도 언제나 똑같은 대화다.

"그런데 너도 참 잘도 질리지 않고 고블린만 사냥하는구나. 지금 레벨이 몇이지?"

"14쯤이요."

"특이한 녀석이군. 레벨 14라면 남 못지않은 모험가라고. 나 때는 말이야⋯⋯."

여기 주인장은 옛날에 모험가였다는데, 레벨은 40을 넘었다고 한다.

전사였던 모양이지만 다리에 부상을 입어 은퇴. 현재는 꼬치구이 가게 주인이다.

때때로 모험가 시절의 이야기를 해 주어서 참고가 된다.

"오우, 마시고 있구만. 주인장, 에일하고 꼬치구이 적당히 해서 줘."

"알았다. 루카스, 돌아온 거냐."

옆에 몸집이 큰 전사풍 아저씨가 털썩 앉았다.

"그레이트키스에서 샌드 드래곤을 퇴치했지. 도중에 술이 금지라서 말이야. 보수는 좋았지만 힘들었어. 오, 마코토. 오랜만이군."

"겨우 닷새 만인데요. 고생하셨습니다."

"좋아, 건배. 푸하, 시원하다!"

루카스 씨는 맥캘란의 베테랑 모험가로 골드 랭크다.

주인장과는 옛날부터 친구라고 한다. 그리고 신인을 지도하는 사람이기도 하다. 처음에는 나도 신세를 졌다.

"그런데 마코토는 슬슬 던전에 도전해도 되지 않냐? 레벨이 15가 다 됐지?"

"20레벨이 되면 초심자 던전에 도전하려고요."

"초심자 던전의 적정 레벨은 10 정도인데 말이다."

"저는 약해서요. 신중하게 하려고요."

이상한 말은 안 했는데 주인장과 루카스가 서로 마주 보고 있다.

"신인은 보통 좀 더 화끈하게 가는데 말이야."

"베테랑이 주의를 줄 게 아무것도 없군."

신중한 게 더 좋잖아.

"오, 마시고 있네. 다들."

금발의 예쁜 누님이 나와 루카스 씨 사이에 끼어들어왔다.

"마리 씨, 수고하셨습니다. 일은 끝나셨어요?"

"뭐야. 끼어들지 마, 마리."

마리 씨는 모험가 길드 접수원 누님이다.

퀘스트 의뢰로 마주칠 기회가 많다. 자주 신세를 졌다.

그리고 비할 바 없이 대단한 술꾼으로 일이 끝나면 반드시 길드에서 마시고 있다.

덕분에 최근에는 일과처럼 얽히게 되었다.

나는 마시는 게 아니라 저녁밥을 먹는 거지만.

"나도 에일 하나. 그리고 채소를 적당히 구워 줘요!"

"오냐."

"그럼 건배. 하아. 일 끝나고 마시는 술은 각별해."

"이봐, 마리. 이런 지저분한 노점에서 마시지 말고 남자라도 만들어서 근사한 바라도 가라고."

"하? 루카스 씨! 모험가 길드 접수가 얼마나 격무인지 알잖아요! 특히 최근에는 마물이 활발해져서 남자 따윈 사귈 시간도 없다고요. 아저씨, 한 잔 더."

"마리 씨. 마시는 속도가 너무 빨라요."

말만 안 하면 미인인데.

마실 때의 마리 씨는 모험가에 뒤지지 않는 술고래다.

"아, 마코토! 또 그런 주스나 마시고 있네. 오늘도 잔뜩 벌었으니까 팍팍 마셔야지."

"이봐. 길드 직원이 그런 소릴 해서 어쩌자는 거야."

주인장이 어이없어했다.

"저도 가끔은 마셔요."

이 나라에서는 열세 살부터 음주가 가능하다.

그러므로 마셔도 문제는 없지만, 나는 애초에 술을 좋아하지 않는다.

처음 마셨던 에일은 쓰기만 했고, 화주는 마신 순간에 사레가 들려 뿜었다. 유일하게 마실 수 있는 것이 애플 소다를 넣은 칵테일 정도다.

그것도 금방 취해서 한 잔까지만 마시기로 정해 놨다.

무리하게 마실 필요는 없지만 모험가면서 술을 못 마시면 무시당한다는 게 루카스 씨의 가르침이다.

"왜 가끔이야?"

"술 하나 못 마시면 다른 모험가한테 무시당한다고 루카스 씨가 말했거든요?"

잊어버린 거야, 아저씨?

"아, 그러고 보니 그랬지. 하하하!"

"와~ 야무지네. 아저씨, 한 잔 더."

"오냐. 마리도 매일 마시지 말고 조금은 보고 배워. 내가 할 소린 아니지만."

"애는 왜 젊은데도 이렇게 야무질까. 귀엽지 않아. 에잇."

헤드락을 걸렸다. 마리 씨의 커다란 가슴이 등에 닿는다.

으아아. [명경지수] 스킬 발동! 쿨해져라, 쿨해져.

마리 씨는 모험가 길드 내에서 인기가 많다. 다른 모험가들의 질투 어린 눈길이 모여드는 것이 느껴졌다. 그중에는 아까 내게 야유했던 모험가들이 다수 포함되어 있었다.

"쳇!" "저 자식." "조무래기 마법사 주제에." 같은 원성이 들려온다.

내 잘못이 아니잖아?

"마리 씨, 너무 마셨어요."

"아직 하나도 안 취했거든요~ 이제부터거든요~."

뒤에서 끌어안았잖아?!

"오늘은 고블린 스물두 마리였나? 잘했어, 잘했어."

끌어안은 채 머리카락을 헤집었다. 마리 씨는 취하면 스킨십이 많아진다니까. 그 탓에 상대를 착각하게 만들기 쉬워서 반하는 모험가가 많다.

마성의 여자 같으니라고.

하지만! 나는 여신의 유혹을 버텨낸 남자. 이 정도로는 동요하지 않는다.

―――――물컹.

등에 푹신푹신한 것이 눌린다. 도, 동요하지 않아! 아, 부드럽
다…….

"하! 고블린 사냥 정도로 잘난 척하긴."

그렇게 말하는 목소리가 들렸다. 돌아보니 젊은 전사 모습의
남자가 서 있었다.

장이던가? 나와 같은 맥캘란의 신인 모험가다.

반년쯤 전에 모험가가 되었다고 한다. 현재 랭크는 브론즈.

반년 만에 스톤→브론즈 승급은 상당한 속도라고 한다.

하지만 모험가 경력 3개월짜리인 내가 유명해진 게 마음에 들
지 않는지 가끔 시비를 건다.

"야, 장. 신인끼리 사이좋게 지내라."

"루카스 씨! 최근에는 왜 훈련을 안 시켜 주시는 겁니까!"

"나는 스톤 랭크인 동안에는 보살펴 주지만 브론즈 랭크 이상
은 한 사람 몫을 한다고 취급한다."

"그럼 안 돼, 장. 얌전한 마코토가 겁먹잖아."

딱히 겁먹지는 않았다. 아니, 어떨려나.

장 뒤에는 마법사와 승려가 서 있다. 3인 파티인가.

3 대 1……. 얌전히 있자.

"딱히 상관없잖아. 쟨 수습 마법사지? [중급 검사]인 장이 신
경 쓸 필요 없을 것 같은데?"

장에게 말한 사람은 빨강머리 마법사 여자애였다.

노출이 심한 옷을 입고 있다. 화려한 미인이군.

"그래 맞아, 얼른 토벌 퀘스트를 해치우고 아이언 랭크로 올리자고 했잖아."라고 말하는 사람은 승려 여자애. 이쪽은 조금 동안에 귀여운 계열이다.

여자가 많다. 하렘 파티냐…….

큭! 남자는 닥치고 솔로 아니야?

"호오, 토벌 퀘스트라! 사냥감은 뭐지?"

루카스 씨가 화제를 돌려 주었다.

"낙오 오거 토벌이에요! 최근에 여행자가 발견했다고 합니다."

"호오. 브론즈 랭크에 오거 토벌이라. 통과의례로군. 힘내라."

"네! 해내겠어요! 야, 마코토! 먼저 아이언 랭크가 되는 건 나라고!"

장이 그렇게 내뱉고 사라졌다. 승려 여자애가 미안한 듯이 고개를 숙였다.

승려는 좋은 아이구나. 마법사 여자애는 이쪽에 관심 없어 보인다.

"신경 쓸 필요 없어."

마리 씨가 위로해 주었다. 아니, 하나도 신경 안 쓰거든요?

"전 마이페이스로 할 거예요."

내일도 일과대로 고블린을 해치울 뿐이다.

"이봐, 고블린 스물두 마리를 혼자서 해치우는 건 마이페이스라고 안 하거든."

루카스 씨가 태클을 걸었다.

그렇게 말씀하셔도 고블린 사냥이 안전하고 편하다고요.

나는 RPG에서 최대한 레벨을 올린 다음에 보스를 잡는 타입이고.

한동안은 지금 방식으로 할 거예요.

다음 날, 고블린을 사냥하고 돌아오는 길.

오늘의 수확은 스무 마리. 이제 도시로 돌아가는 길에 뿔토끼를 사냥해서 주인장의 가게에 납품할까. 내가 그런 생각을 하고 있는데…….

키잉――! 갑자기 머릿속에서 커다랗게 [위험감지] 스킬의 경고음이 울려 퍼졌다.

상당히 위험한 마물이 있나? [은밀] 스킬을 발동……하고 있구나.

괜찮아, 나는 발견되지 않았어. 조용히 주위를 관찰한다.

'뭔가 있어.'

50미터 정도 앞의 안개 속에 거대한 인간의 형체 같은 것이 보인다.

설마 무리에서 떨어진 오거인가? 퉁퉁한 인간형에 머리에 뿔 같은 것이 있다.

다만―― 너무 크지 않아?

일반적인 오거는 신장 2~3미터 정도. 하지만 이놈은 5미터가 넘는다.

걸을 때마다 쿵쿵 무거운 소리가 나고 땅바닥이 흔들린다.

평소에는 이 근방에 다른 마물이 있었을 텐데 지금은 전혀 보이지 않는다.

죄다 도망쳤군. 이러면 뿔토끼 사냥은 어렵겠어. 오늘은 포기할까.

길드에 보고하러 돌아가자. 내가 조용히 그 장소를 벗어나려던 그때.

"꺄아아악!"

여자의 비명이 들렸다.

"제길! 이놈!"

남자의 노성도 들렸다.

'잠깐, 사람이 습격당하고 있어?'

잘 보니 모험가 같은 무리가 몇 명 있었다. 검사와 마법사와 승려의 3인 파티.

모두 젊다. 베테랑 모험가는 아닌 듯했다.

"아니, 걔들인가."

어제 시비를 걸었던 장의 파티였다.

오거를 토벌하러 간다고 말했었지. 그런데 위기에 몰린 건가.

꼴좋다고 말하고 싶지만 나도 휘말렸다간 곤란하다.

[은밀] 스킬을 쓴 채로 관찰했다.

'도망치겠지?'

모험가의 철칙은 '목숨을 소중히'. 자기보다 강한 적이 나타나면 우선 도망칠 것.

스톤 랭크일 때 루카스 씨에게 실컷 주의를 들었다. 녀석들도 마찬가지일 터이다.

'음, 마법사랑 승려는…… 따라잡힐지도.'

공포 탓인지, 아니면 초조해서인지 잘 도망치지 못한다. 오거에게 따라잡힐 것 같다.

"에밀리!"

장이 승려 여자애의 손을 끌고 달렸다.

"잠깐! 나는?!"

마법사 여자애가 비명을 질렀다. 아무래도 장은 승려 쪽이 더 소중한 모양이다.

'야박하네.'

아, 마법사가 넘어졌다. 오거가 달려든다. 이거 안 되겠는데.

[마법사 여자애를 구하겠습니까?]

예

아니오

[RPG 플레이어] 스킬이 선택지를 띄웠다.

이봐이봐이봐. 아무리 생각해도 [수습 마법사]에 [브론즈 랭크] 모험가에겐 너무 빡세지 않나요?

(모른 척하면 어때?)

여신님은 심플한 조언을 했다. 으음, 하지만……

[마법사 여자애를 구하겠습니까?]

예

아니오

선택지가 반짝반짝 빛난다. 에잇, 짜증나!

잠깐 고민하게 해 줘. 죽으면 끝이라고!

"히익, 오, 오지 마."

마법사 여자애는 힘이 빠져 일어서지 못하고 있다. 오거가 코 앞이다.

장은 마법사에게 "빨리 도망쳐!"라고 소리치고 있다.

하지만 구하러 가지는 않는 모양이다. 구하라고. 승려 여자애는 입을 가리고 비통한 얼굴을 하고 있다. 아아, 안되겠어. 고민하고 있을 시간이 없다.

"시, 싫어! 살려줘!"

마법사의 비명도 허무하게 거대한 오거의 손이 뻗어간다. 아아, 진짜!

"물 마법 : 아이스 커터!"

오거의 두 눈에 얼음 칼날이 박혔다.

──캬아아아아악! 오거가 소리치고 눈을 누르며 고통스러워 한다.

"이봐, 빨리 도망쳐."

"어, 어, 저기, 어어?"

마법사는 혼란에 빠진 듯하다.

나는 오거와 마법사 여자애 사이에 끼어들어 여신님의 단검을 겨누었다.

(잠깐! 죽으면 용서하지 않을 거야.)

여신님의 어이없는 듯한 목소리가 들렸다. 죄송하네요. 멋 좀 부리고 싶었어요.

눈을 누르고 고통스러워하는 오거는 올려다봐야 할 정도로 크다. 팔은 거대한 나무둥치 같고 철사 같은 털이 났다. 너무 크잖아. 이런 놈과 어떻게 싸우지?

참고로 말하자면 이제 남은 마력이 거의 없거든…….

물은 더 생성할 수 없다.

"이봐! 얼른 도망쳐."

마법사에게 다시 한번 말했다.

"네, 네."

기듯이 도망쳤다. 좋아, 잘했어. 그사이 오거는 눈에 찔린 얼음 칼날을 뽑았다. 눈의 상처가 순식간에 낫는다.

"와, 실화냐."

오거에게 재생력이 있다는 건 알았지만, 이 정도일 줄이야.

단검으로 베어도 금세 나을 것 같다.

"이봐, 여기다."

말을 알아듣는지 의심스럽지만 주의를 끌기 위해 말을 걸어 보았다.

오거가 눈알을 번득이며 이쪽을 노려본다. 곧장 나를 짓밟으려고 발을 들었다.

위험해. [회피] 스킬! 도적 스킬을 발동해 거인의 공격을 피했다.

아슬아슬하게 코앞에서 내 앞머리를 스치듯 거인의 발이 지나갔다.

그 발을 피하고, 피하고, 피하고, 피한다.

쿵! 쿵! 쿵! 쿵! 쿵! 오거가 제자리걸음을 되풀이한다.

밟히면 즉사다.

그 공포심을 [명경지수] 스킬로 억누르며 나는 계속 회피 스킬을 썼다.

흘끗 보자 마법사가 멀리 도망친 것을 확인할 수 있었다.

좋아, 그럼 다음이다.

──[도주] 스킬!

스킬을 발동해 오거와 거리를 벌린다. 오거가 얼굴이 시뻘개져서 이쪽으로 달려온다.

어우, 무서워라. 거대한 괴물이 일직선으로 이쪽으로 달려드니 박력이 넘치네.

[명경지수] 스킬로 공포에 몸이 움츠러드는 일이 없는 게 다행이다.

붙잡히면 끝장이지만.

직선거리에서는 속도를 못 당하니 숲의 나무들 사이를 누비듯이 이동했다.

한동안 달려 목적한 장소에 도착했다. 늪이 보인다.

[맵핑] 스킬로 찾아놓았던 늪이다. 근처에 있어서 다행이다.

'물 마법 : 수면 보행.'

늪 끝자락의 수면 위에 서서 오거를 기다렸다.

'물 마법 : 안개.'

안개를 사용해 시야를 나쁘게 만든다. 상대에겐 늪이 잘 안 보일 것이다.

"이봐, 여기다."

중요한 고비다. 잘될까? 안 되면 도망치자.

오거가 내게로 돌진한다. 좋아, 잘되고 있다. 나는 [물 마법 : 수면 보행]으로 물 위에 서 있다.

오거는 늪이 그리 깊지 않다고 생각하고 있을 것이다. 철벅철벅 나를 쫓아 늪에 들어온다.

'미안하네. 거기부턴 순식간에 수심이 깊어지거든.'

첨벙. 커다란 물보라를 일으키며 오거의 다리가 늪에 빨려 들어갔다. 물론 오거는 곧장 수면으로 나오려고 몸부림쳤다.

"그렇게 둘까 보냐!"

'물 마법 : 물살.'

물의 흐름을 조작하는 마법을 사용해 늪에 소용돌이를 만들어낸다.

오거는 또다시 늪에 붙들려 깊이 빠져 들어갔다.

물과 늪 바닥의 진흙을 뒤얽어 오거의 다리부터 서서히 늪에 끌어들였다.

그아아아아아아아아악아아아…… 하고 비통한 소리를 내며 오거가 가라앉았다.

그로부터 약 10분. 늪 속에서 오거의 숨이 끊어진 것을 확인했다.

10분간 끊임없이 물속에서 날뛰었다. 너무 터프하잖아.

"잘 풀렸나……."

이제야 식은땀이 났다.

"이봐, 괜찮아?"

장이 파티와 함께 다가왔다. 전원 무사한 것 같군.

"지금 해치운 참이야."

그렇게 말하고 오거를 수면에 띄웠다.

"너, 너. 저 커다란 오거를 해치운 거야?!"

"괴, 굉장해."

장과 승려가 경탄한 목소리를 냈다.

"고, 고마워."

마법사 여자애에게 감사를 받았다.

"아, 우선 오거의 머리만 가지고 돌아가자."

장은 머리를 벅벅 긁더니 잽싸게 내가 처리한 오거의 머리를 베었다.

그 후 마물을 피하면서 길드로 돌아갔다. 하아, 피곤해. 오늘은 빨리 자자.

"이놈들아! 이 오거를 봐라! 보통 오거보다 두 배는 되는 거물이다! 해치운 게 누구인 줄 아냐!"

모험가 길드의 오늘의 사냥감 전시 공간에서 루카스 씨가 한 손에 에일을 들고 소리치고 있었다. 그 주위를 모험가들이 에워싸고 있다. 다들 취했구만.

듣기로 오늘 싸웠던 오거는 그냥 마물이 아니라 빅 오거라는 희귀종이라고 한다.

루카스 씨에게는 빅 오거에게 혼자서 덤비다니 자살행위라고 혼났다.

하지만 지금은 그런 건 잊어버린 모양이다. 저 아저씨도 참 대충대충이네.

"누가 해치웠어?"

지금 그 목소리는 마리 씨로군.

"우리가 기대를 건 신인, 마코토다! 이젠 고블린 클리너가 아니라고!"

"""""오오!""""" 하고 환성이 올랐다.

이 대화 벌써 세 번째인데요.

"다음 별명을 정하자!" "오거 킬러는 어때?" "한 마리밖에 안 잡았잖아." "솔로로 빅 오거를 잡았잖아?" "대단한데." "마리씨 마음에 쏙 들었고 말이야." "빡치는데."

별명은 이제 필요 없어. 그리고 후반은 상관없는 얘기잖아.

멀찍이서 소동을 쳐다보며 자주 가는 꼬치구이 가게 벤치에 앉았다.

"오늘은 영웅이구만."

주인장이 웃었다.

"피곤해요. 그만 자고 싶어요."

빨리 자고 싶지만, 내가 자는 곳은 길드 휴게소란 말이지.

이렇게 소란한 와중에는 자고 싶어도 못 잔다고.

"뭐, 좋잖냐. 뭐 마실래?"

"술은 실컷 마셨으니까, 물 줘요."

"오냐."

잔에 따른 물이 나왔다. ……미지근하다.

"물 마법, 냉각."

물을 식혀서 홀짝홀짝 마시며 술을 깼다.

"저기, 여기 앉아도 돼?"

갑자기 옆에서 누가 말을 걸었다.

아까 구해 준 마법사 여자애인가.

"그래. 앉아."

마법사 여자애가 옆에 앉았다.

빨강머리에 치켜 올라간 빨간 눈이라 드세 보이는 인상을 준다. 그리고 굉장한 미인이다.

잘 보니 귀가 뾰족하다. 엘프? 얘는 엘프였나.

이 세계에 와서 처음 봤다. 판타지의 기본. 슬그머니 기분이 좋아졌다.

하지만 이 아이는 머리카락과 눈이 빨갛다. 신전에서 읽은 책에는 이 세계의 엘프는 금발이나 은발이고 눈 색깔은 파란색이나 녹색이라고 나와 있었다.

그러니까 다른 종족일지도? 나중에 마리 씨에게 슬쩍 물어보자.

"아저씨, 칵테일 있어요?"

"그래."

소다를 넣은 술이 테이블 위에 놓였다.

"오늘은 고마웠어."

"천만에."

잔을 작게 챙 부딪친다.

"난 루시라고 해. 마코토는 생명의 은인이야."

"신경 안 써도 돼. 길드에서 보수가 잔뜩 나왔거든. 신에게 바치는 [공헌] 포인트도 모였으니까."

[소울 북]을 확인해 보니 수명이 일주일 정도 늘어나 있었다. 하지만 정신적으로는 수명이 일주일 정도 줄어든 것 같다. 오거하고는 당분간 싸우지 말아야지.

"그건 그렇고 대단해. 마코토는 브론즈 랭크지? 그런데 그 빅 오거를 혼자서 해치웠잖아."

"운이 좋았을 뿐이야."

"나는 상급 마법을 쓸 수 있는데도 전혀 도움이 안 됐어⋯⋯."

루시 양은 상급 마법을 쓸 수 있다고 한다.

부러울 따름이네. 하지만 오늘은 마법을 보지 못했군.

"그거 대단하네. 내 스킬과 바꾸고 싶은걸."

"아니야! 난 스킬은 강하지만 전혀 다루지를 못해. 어떡하면 그렇게 빨리 마법을 발동할 수 있어? 그거 무영창 마법이었지?"

"응, 일단은."

내 마법은 위력이 약하고 쏠 수 있는 숫자가 적다. 무영창으로 퍼붓지 않으면 말할 거리도 안 된다.

"숙련도가 50이 넘으면 무영창이 가능해."

"그건 알지만, 거기까지 올리는 게 얼마나 힘든지……."

"난 마법을 처음 배운 지 1년 3개월 됐는데?"

"어? 거, 거짓말이지?!"

"아니, 그게 나는 이세계에서 왔거든."

"이세계인……. 1년 전에 온 용사들……."

"아니, 나는 용사는 아니고……. 그야 같은 반에 용사도 있긴 했지만."

강력한 스킬을 보유하고 있는 반 아이들은 요 1년 만에 유명인이 되었다.

각국에서 요직에 앉은 사람도 많다던가. 약간 이 세계의 파워 밸런스를 무너뜨렸다고 한다. 나하고는 상관없는 이야기지만!

"역시 이세계 사람은 대단하구나!"

루시가 눈을 반짝반짝 빛냈다.

아, 이거 뭔가 착각하고 있군. 내 스테이터스 엄청 낮거든?

"저, 저기……."

루시가 들고 있던 잔을 놓고 내 손을 붙잡았다. 몸을 가까이 대고 속삭인다.

"나랑 파티를 짜지 않을래?"

루, 루시 양, 얼굴이 가까운데요. 지금은 [명경지수] 스킬과 [RPG 플레이어] 스킬을 안 쓰고 있다. 취하면 스킬이 잘 발동되지 않는다.

그 결과 지근거리에서 루시의 얼굴을 보게 되었다.

단정한 얼굴로 쳐다보니 허둥지둥하게 된다.

치, 침착하게. 침착하게. [명경지수] 스킬을 발동하는 거야.

하지만 평소에는 든든하던 [명경지수] 스킬이 취해서 잘 발동되지 않는다.

이런, 너무 마셨다. 안 돼! 그렇게 얼굴을 들이대지 마!

"잠깐, 그게 무슨 말이야!"

누군가가 큰 목소리를 내서 정신을 차렸다.

장의 파티에 있었던 승려 여자애다. 옆에 장도 있다.

"뭐야, 에밀리."

"뭐긴 뭐야! 너, 우리 파티에 들어온 지 얼마 안 됐잖아! 그것도 네가 부탁해서."

"그게 어쨌는데? 나를 버리고 도망친 너희한텐 볼일 없어."

어이쿠, 루시 양. 오거에게서 도망쳤을 때의 일을 속에 담아두고 있구나.

하지만 장은 필사적으로 도망치라고 했었거든?

"이봐, 루시. 아까는 미안했어. 하지만 아무리 그래도 두 사람을 같이 구할 수는 없었어."

"그건 너희가 사귀니까 그런 거잖아. 못 미더운 리더는 필요 없어."

루시는 장의 사과를 딱 잘라 거절했다.

"너, 뭐 하자는 거야!"

에밀리는 루시에게 달려들 기세다.

"시끄러워, 나쁜 년아. 내가 파티에 들어가니까 불안해서 장을 유혹해서 안긴 거지? 밤에 둘이서 사라졌었잖아."

"바, 바보 같은 소리 하지 마!"

오오…… 동정한테는 자극이 너무 강한데요.

이세계 판타지의 파티는 문란하구나…….

장은 두 사람을 번갈아보며 어찌할 바를 몰라 하고 있다. 말리라고, 리더잖아.

"이봐, 뭐가 이리 소란스러워?"

"뭔데뭔데, 싸움이야?"

루카스 씨와 마리 씨가 다가왔다.

"주정뱅이들 싸움이에요."

"그래그래. 에밀리와 루시는 떨어지렴."

마리 씨가 익숙한 느낌으로 서로 노려보는 두 사람 사이에 끼어들었다.

"장. 너, 마코토에게 하고 싶은 말이 있었던 거 아니냐?"

어? 그래? 장을 보자 내 눈을 보지 않고 우물쭈물하고 있다.

뭡니까. 사랑 고백입니까.

"미, 미안했어, 마코토! 살려줘서 고맙다!"

장이 깊이 고개를 숙였다.

"어, 별일 아니야. 괜찮아. 신경 쓰지 마."

요전번 일을 신경 쓰고 있었나? 의외로 성실한 녀석이군.

"얼마나 마음이 넓은 녀석인지……."

그렇게 감동했다는 눈빛으로 쳐다봐도 말이지.

"마코토 씨! 장이 했던 말은 용서해 줘요."

승려 에밀리 씨한테도 사과를 받았다. 으음, 용서하라고 해도 말이지.

"마코토! 욕해 버려! 이 도움 안 되는 것들한테."

"너는 조용히 해, 루시!"

그래요. 루시 양, 누워서 침 뱉기인데요?

"마코토. 장에 대해선 이걸로 된 거냐?"

"되고 뭐고, 처음부터 신경 안 썼어요."

"신인끼리 앞으로는 사이좋게 지내라."

루카스 씨가 정리했다.

"장 일은 이걸로 됐겠지. 그런데 루시?"

루카스 씨가 루시 쪽을 보았다.

"왜, 왜요?"

"너, 마코토와 파티를 짤 거냐?"

"그, 그래요!"

가슴을 펴고 대답한다. 어라? 내가 OK했던가?

[RPG 플레이어] 스킬이 선택지를 띄웠다.

[루시를 동료로 삼겠습니까?]

예

아니오 ←

으음. 어떻게 할까.

루시는 미인이다. 하지만 내 스킬과 스테이터스를 알면 실망하지 않을까 하는 부정적인 생각이 머리를 스쳤다.

여기선 [아니오]일까.

"마코토, 파티를 짤 거냐?"라고 루카스 씨가 물었다.

"으음, 저는 계속 솔로로 할까 하는데요."

"에엑! 그럴 수가!"

루시가 비명을 질렀다.

"아핫! 차였네."

에밀리가 활짝 웃으며 루시를 약올렸다.

잠깐, 에밀리 양? 그러다 또 싸운다고요.

"어, 어째서?"라며 루시가 비틀비틀 뒷걸음질 쳤다.

어째서긴. 애초에 너에 대해서 잘 모른다고.

하지만 루카스 씨는 내 대답에 떨떠름한 얼굴을 했다.

"마코토. 앞으로도 모험가를 계속하려면 수습 마법사가 솔로로는 힘들 거라고 본다."

"저는 느긋하게 할 거예요. 한동안은 브론즈 랭크로도 상관없어요."

"아니, 오늘 네가 해치운 빅 오거는 브론즈 랭크로는 해치울 수 없는 마물인데……."

"그리고 저는 스테이터스가 낮아서요. 루시 씨도 분명 실망할걸요."

나는 그렇게 말하고 [소울 북]을 루시에게 보였다.

"에엑! 이 스테이터스는 뭐야!"

"마, 마코토……. 너, 이런 스테이터스로 모험가를 하고 있는 거냐……. 검도 제대로 못 휘두르잖아……."

"어……. [마력 : 3]이라니……. 일반인이야?"

이것들이 말이 많네. 그런데 장과 에밀리, 너희에겐 봐도 된다고 말 안 했어. 멋대로 보지 마. 고소한다.

"그치? 정말 심각한 스테이터스지? 그런데도 솔로로 힘내고 있다구, 마코토는. 아유, 장해라."

마리 씨가 우쭈쭈하며 머리를 쓰다듬는다. 그거 칭찬이에요?

"근력 없음, 체력 없음, 마력 없음, 다만 마법 숙련도만 어이없게 높지."

루카스 씨가 맥주를 털어 마시며 말을 이었다.

"에에에엑! [마법 숙련도 : 90]! 이, 이게 뭐야……."

루시가 변태라도 보는 눈으로 나를 보았다. 무례한 녀석이네.

"사용할 수 있는 마력이 적으니까 사용법을 궁리할 수밖에 없잖아."

요 1년간 한결같이 숙련도 수행을 계속했으니까.

"그래서 빅 오거를 일부러 물가로 끌어내서 해치운 건가."

장이 감탄한 듯이 말했다.

"그런 이유로, 루시 씨. 다른 사람을 찾아 줘."

"자, 잠깐 기다려! 나는 신경 안 써!"

어이쿠, 스테이터스를 보여줬는데도 물고 늘어지는 건 예상하지 못했는걸.

"다시 생각해 봐, 마코토. 내 [불 마법(왕급)] 스킬은 분명 도움이 될 거야."

루시가 설득한다.

"왕급인가…… 대단하네."

반 친구 중에도 거의 없었던 것 같다. 상당한 레어 스킬이다.

"으음."

어떡할까.

솔직히 물의 신전에서 수행하던 시절부터 파티를 짜는 건 포기하고 있었다.

내 스테이터스와 스킬이 구려서 실컷 무시당했으니까. 계속 솔로로 지낼 각오였다.

"루시 씨를 넣어 줄 파티는 많지 않아?"

왕급 스킬을 소지한 마법사. 데려가려는 사람이 무수히 많을 것 같다.

하지만 루시가 눈을 휙 피했다.

"아, 아니, 나쯤 되면 들어가고 싶은 파티는 스스로 정하니까."

"무슨 소리야, 루시. 어느 파티에서도 한 달도 못 버티고 쫓겨나는 애물단지로 유명하잖아."

에밀리가 참견했다.

"시끄럽네, 아까부터!"

"진짜잖아!"

루시와 에밀리가 "하악!" 하고 고양이처럼 서로 위협했다.

"자아, 너희 둘은 여기서 마시자."

마리 씨가 장과 에밀리를 데려갔다. 고마워요, 마리 씨.

"루시는 스킬은 강하지만, 아직 잘 다루지를 못해서 말이다."

루카스 씨가 보충 설명을 해 주었다.

"좀처럼 한 파티에 정착을 못 했지만, 마코토와 함께라면 안심해도 될 것 같구나."

어어, 안심인가. 최약 스테이터스의 수습 마법사와 스킬을 잘못 다루는 마법사. 밸런스가 나쁘지 않나? 둘밖에 없는데 직업이 겹친다고요.

"나, 수습 마법사인데?"

"괜찮아! 같이 수행하자!"

루시가 힘주어 말했다.

마법사끼리 수행인가. 그건 좀 동경했지.

물의 신전에선 주위에 초등학생 같은 아이들뿐이어서 동료와 수행한다는 느낌이 아니었다.

[루시를 동료로 삼겠습니까?]
네
아니오

어라? 또 선택지가 떴다. 나 아까 [아니오]를 눌렀지 않나?

이 선택지는 그냥 분위기를 만드는 용도인가? 쓰, 쓸모없어.

"괜찮잖냐. 시험 삼아 파티를 짜 봐라."

"그래그래. 마코토는 좀 더 모험가끼리 교류하는 게 좋아."

돌아온 마리 씨도 권했다.

"마코토, 동료는 중요해."

주인장까지 말했다. 거절할 수 없는 분위기다. 아아, 이건 그 거네. RPG 게임에서 본 적 있어.

——강제 동료 영입 이벤트다.

다시 루시를 보았다. 뚜렷한 큰 눈에 드세 보이는 마법사 여자 애.

얼굴은 슥 보기론 이 길드 내에서도 톱클래스의 미인이다.

강력한 [불 마법(왕급)] 스킬 보유자.

나에게는 아깝다. 배부른 소리를 했다간 벌 받으려나.

[RPG 플레이어] 스킬이 끈질기게 재촉한다.

[루시를 동료로 삼겠습니까?]

예 ←

아니오

'그래, 알았다고.'

나는 루시에게 오른손을 내밀었다.

"잘 부탁해."

"나야말로!"

루시가 만면에 미소를 띠며 강하게 손을 맞잡았다.

이리하여 이세계에 와서 첫 동료가 생겼다.

◇후지와라 상회 토끼 귀 점원의 시점◇

"후후후, 슬슬 타키 공이 소생을 파티에 권해 주실 터."

주인님은 요새 기분이 좋다. 지난번에 이세계의 친구와 만난 이후인가.

주인님이 기뻐 보이면 나도 기쁘다. 하지만 걱정되는 점도 있다.

"저기, 주인님. 지난번에 만나셨던 타카츠키 님의 모험가 활동은 괜찮을까요? 수습 마법사인데 혼자서 모험하고 계시다던데."

그다지 강해 보이지는 않았다. 주인님 이야기로는 스킬과 스테이터스도 약하다고 한다.

"지장이 없다면 제가 도울 수 있는데요."

나는 일단은 실버 랭크 모험가다.

그렇기 때문에 안다. 모험가는 가혹한 직업이다.

주인님의 친구가 위험한 마물에게 공격당해 큰 부상을 입거나 최악의 경우 목숨을 잃어서 주인님이 슬퍼하는 모습은 보고 싶지 않다.

"아니, 괜찮겠지요. 타키 공의 플레이 스타일은 '신중' 그 자체니까요."

싱글싱글 웃는 주인님.

"하아……."

아무래도 주인님은 친구를 신뢰하는 듯하다.

"다음번엔 타키 공을 [고양이 귀]에 초대할까요."

주인님의 작은 중얼거림이 들렸다.

"주인님? 그 가게에 너무 자주 가시는 것 아닌가요?"

[고양이 귀]는 점원이 모두 고양이 귀 종족으로 구성되어 있는 술집이다. 주인님의 단골 가게다. 점원인 고양이 귀 여자들은 모두 미인이다. 마음에 드는 아이라도 있는 걸까.

"오오, 들렸소이까. 타키 공도 그 가게라면 고양이 귀가 얼마나 훌륭한지 알아주실 터."

히죽히죽 웃는 주인님.

나는 무심결에 내 토끼 귀를 붙잡았다. 좀 재미없다.

"니나 공! 물론 니나 공의 토끼 귀는 훌륭하오!"

마음이 표정에 드러나 버렸나?

"고, 고맙습니다."

주인님에게 칭찬을 받자 얼굴이 풀어지고 체온이 높아진다.

주인님에게 토끼 귀를 칭찬받는 건 기쁘다. 다른 인간족은 수인족을 머리가 나쁜 종족이라며 깔본다. 주인님은 수인족에게 신사다. 그래서 맥캘란의 수인족에게 인기가 많다. 덕분에 나는 안절부절못하고 있었다.

"고양이 귀는 요리가 맛있어서 가는 것뿐이라오. 언젠가 그 가게의 경영권도 가지고 싶구려."

"그렇게 쉽게…… 무계획적인 투자는 실패한다고요."

모험가와 투사로 일하던 무렵에는 이런 걱정을 할 일이 없었지만.

나도 변했다. 완전히 상인의 시점이 되어버렸다.

"하지만 지난번에 싼값에 들여온 대량의 그림을 고가로 인수하고 싶다는 귀족이 나타나서 말이오. 돈이 많이 남았다오."

"특급 감정 스킬인가요. 여전히 무시무시하네요."

이세계에서 온 사람들은 강력한 스킬을 가지고 있는 경우가 많다. 주인님의 스테이터스는 일반인이나 마찬가지지만 스킬은 강력하다.

[감정(특급)]과 [수납(특급)]이라는 몹시 레어한 스킬을 가지고 있다.

둘 중 어느 하나만 있어도 대박이라는 스킬이다.

'하지만 그뿐만이 아닌 듯한 기분이 드는걸요.'

그냥 감이지만. 주인님의 '힘'은 헤아릴 수가 없다.

뭐, 나는 주인님을 따라갈 뿐이다.

'하지만 주인님의 친구분은 걱정돼요……'

즐겁게 상품 재고 정리를 하는 주인님을 보며, 나는 개운치 않은 마음을 품었다.

그리고 얼마 후.

맥캘란의 모험가 길드에서 스톤 랭크에서 브론즈 랭크로 최고 속도로 랭크업하고 솔로로 빅 오거를 해치운 모험가, 타카츠키 마코토의 소문이 들려왔다.

5장 타카츠키 마코토, 루시와 수행하다

"안녕, 기다렸어? 마코토."

"방금 왔어."

"그럼 가자."

커플 같은 대화를 하고 루시와 합류했다.

약속 장소는 길드 입구.

그건 그렇고. 새삼스레 루시의 얼굴을 쳐다본다. 뚜렷하고 커다란 눈과 오똑 선 코. 하얀 피부에 붉은 눈과 매끄러운 머리카락. 빼어나게 예쁜 아이다.

이런 미인과 파티를 짤 수 있다니, 이세계도 영 쓸모없진 않구나!

하지만 걱정되는 점이 한 가지 있다.

"춥지 않아?"

이미 봄이라지만 아침은 춥다. 나는 긴팔 셔츠와 웃옷을 입고 있는 반면 루시는 옷이 얇다. 캐미솔 같은 탑에 짧은 스커트. 일단 망토를 걸치고는 있지만 방한용이라고 하기는 힘들다.

"난 더위를 많이 타. 걱정 마."

"흐음."

루시는 아무렇지 않다는 듯이 말하지만, 건전한 고등학생 남자에게 그 정도 노출이면 눈 둘 곳이 없다. 어깨와 허벅지가 다 드러난 패션엔 솔직히 성욕을 주체할 수 없다고요…….

나는 슬쩍 [명경지수] 스킬을 80%로 설정했다.

이걸로 대부분의 번뇌를 커트할 수 있다. 신경 안 쓰는 척하고 화제를 바꾸자.

길드 게시판 앞에 섰다.

"좋은 퀘스트가 있을까?"

"으음, 별로 끌리지가 않네."

대강 훑어보니 '그리폰 토벌', '대미궁의 미노타우로스 토벌', '화룡의 비늘 납품' 같은 어려운 퀘스트가 나열돼 있었다. 우리에겐 무리군.

그 밖에는 '약초 채집', '뿔토끼 고기 납품' 같은 저레벨 퀘스트인가.

"어머, 마코토와 루시잖아. 새 파티의 첫 퀘스트를 찾는 중이니?"

때마침 마리 씨가 출근했다.

"안녕하세요, 마리 씨. 뭐 좋은 퀘스트 없나요?"

"으음, 브론즈 랭크 마법사 2인조 파티인가. 어렵네."

난감한 얼굴을 했다. 별수 없지.

"고블린 사냥으로 할까. 안전하고 용돈벌이도 되고."

"네 전문이지."

"마리 씨, 나갈 거니까 접수 부탁해요."

"그래, 조심해. 마코토는 괜찮을 테지만."

"저는요?"

"루시는 마코토의 말을 잘 들어. 싸우면 안 된다?"

"엥, 그게 뭐야."

루시는 불만스러운 얼굴이다.

예전 파티는 싸우고 깨졌잖아. 걱정을 받아도 별수 없다니까.

우리는 마리 씨에게 접수를 마치고 길드를 나왔다.

길드를 나와 조금 걸었을 때 루시가 말을 걸었다.

"있잖아. 마리 씨는 마코토한테 관심이 있는 거지?"

"어?"

루시가 갑자기 무슨 소릴 하는 거지?

"그럴 리가 없잖아."

"하지만 마코토한테만 너무 다정하지 않아?"

"그건 내가 신인이라서 그래."

그리고 이 빈약한 스테이터스를 걱정해서겠지.

처음 [소울 북]을 보여주었을 때 마리 씨는 상당히 놀랐다. 너무나 빈약한 스테이터스에.

하지만 루시는 그 말에 납득하지 못한 것 같았다.

"다른 모험가는 브론즈 랭크가 되면 보살펴주지 않는걸, 마리는. 마코토만 잘 챙겨 준다는 소문이 있어."

"어? 그래?"

아니, 그게 무슨 소리래. 나는 그런 소문 못 들었는데.

"서, 설마……."

"매일 마코토가 저녁을 먹고 있으면 항상 들이닥치지? 마코토가 오기 전에 마리는 이틀에 한 번 정도만 길드에서 마셨거든?"

"헤, 헤에. 그렇구나……."

마리 씨가 나한테 마음이 있다고? 미인에 연상의 누님.

마리 씨의 커다란 가슴을 떠올리고 침을 삼켰다.

동정인 나라도 친절하게 리드해 줄까?

앗, 이게 아니야! 후지양의 동정 졸업 이야기를 들어서 초조한 거 아닐까.

나는 그렇게 주접스러운 남자가 아니다.

"멍청한 소리 말고, 가자."

"아, 말 돌린다."

"됐다니까. 고블린이 상대라도 제대로 해야 해."

우선 퀘스트로 화제를 되돌렸다.

"알았어. 저기, 오늘은 어디로 가?"

"항상 고블린을 사냥하는 '마의 숲' 근처로 가."

"어, 멀지 않아? 가는 데만 한나절이 걸릴걸."

"괜찮아, 괜찮아."

"진짜?"

루시는 걱정스러워했다. 뭐, 실제로 가보면 알 거다. 서문 문지기에게 인사를 하고 도시를 나왔다. 문을 나가면 곧바로 숲이다. 한동안 숲의 가도를 걸었다.

"그러고 보니."

궁금했던 걸 물었다.

"루시는 엘프지?"

첫 파티의 동료가 엘프. 이건 후지양에게 자랑할 수 있겠지?

"뭐, 뭐 그렇지! 엘프 마을 출신이니까."

"오오, 역시. 붉은 눈에 빨강머리 엘프도 있구나."라고 말하자 루시가 눈을 휙 피했다.

"으음, 난 혼혈이야. 순수한 엘프가 아니야……."

"어?"

어라, 이거 긁어 부스럼이었나. 혹시 혼혈인 탓에 지금까지 고생했던 걸까. 다른 엘프에게 동족 취급을 못 받았다거나. 그렇다면 미안한 질문을 했네…….

"뭐, 우리 할아버지가 엘프 마을 촌장이라서 나한테 이러쿵저러쿵하는 녀석은 마을에서 따돌리겠다고 위협해 줬지만."

괜찮은 것 같다.

"마코토는 내가 순수한 엘프가 아닌 게 신경 쓰여?"

불안한 얼굴로 쳐다본다. 표정이 풍부하구나.

"단순히 이 세계에 오고 처음 엘프를 만나서 물어본 거야."

"아, 그렇구나."

안도한 얼굴을 하는 루시.

으음, 파티원과 대화하는 건 꽤나 어렵구나. 어디까지 파고들어서 이야기를 해도 될까. 커뮤니케이션 장애가 있는 나에겐 난이도가 높다.

숲속을 한동안 걸어가 길 옆으로 흐르는 작은 강으로 향했다. 이 근처면 되려나.

"저기, 어디 가? 그쪽은 강인데?"

"괜찮아. 여기면."

나는 수면을 성큼성큼 걸었다. 물 마법 [수면 보행]이다.

"당연한 듯이 무영창이네."

감탄하는 얼굴의 루시.

"자, 이쪽이야."

나는 루시에게 손짓을 했다.

"나는 [수면 보행] 못 써……. 그보다, 이다음은 어떡해?"

"괜찮으니까 손 내밀어."

대답을 기다리지 않고 소매를 붙들고 강으로 끌어당긴다.

"꺄."

"손을 떼지 마. 마법 효과가 끊어지니까."

"잠깐, 갑자기 당기면 놀라잖아!"

미안하네. [수면 보행] 같은 보조 마법은 사용자와 신체 일부가 닿으면 효과를 받을 수 있다. 떨어지면 효과가 사라진다.

뭐 두 명분의 마법을 영창해도 되지만. 이편이 마력을 절약할 수 있다.

"물 위는 이렇게 둥실둥실하구나. 이상한 느낌이야."

"꽉 잡고 있어. 속도를 좀 낼 거니까."

"어, 그게 무슨 뜻이야?"

'물 마법 : 물살.'

"어? 어어어어?"

루시가 경악한 목소리를 냈다. 우리는 상류를 향해 나아갔다.

"발밑의 물만 이동시키고 있어?!"

흐흠, 놀라고 있군.

"뭐야 이거!"

"[물 마법 : 물살]의 어레인지야. [물 마법 : 워터 무빙워크]라고 이름 지었어."

이미지는 지난 세계의 역에 있었던 무빙워크.

아마 이 세계에서는 이렇게 사용하지는 않을 터. 내 오리지널 마법이다.

"마법 이름 이상해……."

"딱히 상관없잖아. 속도 올린다."

"잠깐, 기다려! 마음의 준비가."

단숨에 가속한다. 이 가속 순간이 제일 기분 좋다.

"꺄아아아악!"

비명이 숲속에 메아리쳤다.

"이봐, 큰 소리 내지 마."

"말도 안 되는 소리 하지 마!"

우리는 숲속을 단숨에 돌파했다.

"잠깐, 쉬자……. 멀미하는 것 같아."

루시가 휘청휘청 근처의 나무에 기댔다.

"미안해. 속도를 너무 냈네."

반성. 자제를 못하고 너무 지나쳤다.

"아니, 괜찮아. 굉장하네. 눈 깜빡할 사이에 도착했어. 항상 이렇게 이동했구나."

"그런 거지. 빨랐지?"

"응. 여긴 마의 숲 근처야?"

"그래. 그러니까 큰 소리는 금지야. 고블린들이 포위했어."

"어?!"

루시가 황급히 내 옷소매를 다시 붙잡았다.

"몇 마리나 있어?"

"마흔 마리 정도일까. 평소대로야."

"으엑! 너무 많아!"

"이 주변은 항상 이래. 제일 가까이 있는 놈도 거리는 떨어져 있으니까. 오늘은 안개가 심해서 들킬 가능성도 낮으니 괜찮아."

"이, 익숙하구나."

"매일 왔으니까."

"으음, 역시 고블린 클리너."

그 별명은 그만둬. 부끄러우니까.

"우선, 적당히 근처에 있는 마물을 사냥해 올게."

근처의 마물을 사냥해 둬야 루시가 느긋하게 주문을 외울 수 있겠지.

◇ 루시의 시점 ◇

"그럼 잠깐 기다려."

그렇게 말하고 마코토는 안개 속으로 사라졌다.

[은밀] 스킬로 발소리와 기척을 죽이고 있는 걸까. 이미 기척도 없다.

"우우…… 마의 숲 근처인가……."

혼자가 되자 갑자기 불안한 마음이 커지기 시작했다.

"──윽!"

멀리서 희미하게 소리가 들렸다. 우리 엘프는 귀가 밝다. 그럼에도 기분 탓인가 할 정도로 희미한 소리였다.

에엑…… 뭐, 뭐야, 뭔데?

흠칫흠칫하며 기다리고 있자 잠시 후 마코토가 돌아왔다.

"한 마리 해치웠어."

"그렇게 말해도 안 보여."

토라진 것처럼 말해 버렸다.

──부스럭 소리가 났다.

작은 고블린이 이쪽을 보고 있어?!

큰일이다! 동료를 부르려고 해!

"마코토!"

나는 작게 소리쳤다.

고블린은 한 마리일 땐 약한 마물이지만 무리로 덤비면 귀찮아진다.

"괜찮아."

마코토의 목소리는 한없이 침착하다. 한 손을 고블린 쪽으로 휙 가리키자 갑자기 고블린의 입과 눈이 하얀 것으로 덮였다.

고블린이 웅얼웅얼 말하지만 목소리가 나오지 않는다. 저
건…… 안개를 조종하고 있어?

"~~?!"

고블린은 목소리를 내지 못해 당황하고 있다.

마코토는 소리도 없이 다가가 단검을 고블린의 심장에 박아 넣
었다.

날이 스르륵 들어갔지만 피는 뒤집어쓰지 않았다.

뽑은 단검은 깨끗했다. 털썩. 고블린이 무너져 내렸다.

쓰러졌을 때도 소리가 나지 않았다. [은밀] 스킬로 소리를 지
웠나?

'스킬을 쓰면서 안개를 조종하고, 피를 뒤집어쓰지 않도록 마
물의 피도 물 마법으로 조작했어? 전부 무영창으로? 말도 안
돼…….'

이 사람 상당히 말도 안 되는 짓을 아무렇지도 않게 하잖아.

"그치?"

쉽지? 같은 얼굴을 하고 있는데! 하나도 안 쉽거든!

이게 숙련도를 끊임없이 단련한 마법사야? 굉장해.

하지만 하는 짓은 암살자 같다.

"좀 더 사냥하고 올게."

그렇게 말하고 마코토는 다시 안개 속으로 사라졌다.

"이게 오늘의 성과야."

마코토는 열 마리 정도의 고블린을 사냥해 왔다.

기본적인 전략은 [은밀] 스킬을 써서 뒤에서 접근해 조용히 사냥하는 것.

운 나쁘게 접근하기 전에 고블린에게 들키면 곧바로 [물 마법 : 안개]로 눈과 입을 막는다.

결과적으로 동료를 부르는 일은 없었다.

"이 근처는 안개가 잦아서 물 마법을 마음껏 쓸 수 있어."

"마의 숲은 1년 내내 안개가 깔리니까."

어떻게 신인인 마코토가 위험한 마의 숲에서 사냥을 하는지 길드 내에서도 모두 의문이라고 했었다. 그 수수께끼가 풀렸다.

"나는 마력이 적으니까. 이런 소소한 마법밖에 못 써."

"딱히 소소하지 않은 것 같은데……?"

대단하다고 생각한다. 수습 마법사인데 궁리와 노력으로 어떻게든 하고 있다.

"그런데 다음은 루시의 마법을 봐도 될까?"

앗, 마침내 왔구나.

"아, 알았어."

"분명히 루시는 마법 영창에 시간이 걸린댔지?"

"응…… 최소 3분 이상."

"그건 좀 기네."

우우, 어이없어하려나.

"뭐, 좋아. 근처의 고블린은 거의 다 해치웠으니까. 영창이 길어도 금방 들키진 않을 거야."

"거기까지 생각해 준 거야?"

"이왕 왔으니까 왕급 마법을 찬찬히 보고 싶거든."

마코토의 눈이 반짝반짝 빛난다. 기대에 찬 눈빛 같다.

어라, 이런 캐릭터였던가? 좀 더 쿨한 사람이라고 생각했는데.

"그럼, 준비할게."

나는 지팡이를 겨누었다.

실패할 수 없다. 장과 에밀리의 파티와 싸우고 헤어져서 이제 맥캘란의 모험가 길드에는 함께 모험을 해 줄 사람이 없다.

영창을 개시했다. 하지만 초급 불 마법인 파이어 볼이다.

"굉장해."

마코토가 중얼거렸다. 다행이다, 놀라고 있어. 불구슬이 점점 커진다.

최종적으로 집채만 한 크기의 파이어 볼이 머리 위에 떠올랐다.

"이거…… 너무 크지 않아?"

마코토의 표정이 굳었다. 하지만 나는 마법에 집중하고 있어서 대답할 여유가 없었다.

손이 떨린다. 생성한 거대한 불꽃 덩어리를 구체로 유지하느라 필사적이다.

"파이어 볼!"

거대한 불구슬을 전방에 쏘았다.

쫘앙. 무거운 것이 지면에 떨어지는 듯한 소리가 나고 지면이 쿠르릉 떨렸다.

"캬아악!" "쿠엑―――――!" "캬아아―――――!"

여러 고블린의 단말마가 들려온다.

불기둥이 하늘을 태울 기세로 활활 치솟았다. 몸에서 마력이 빠져나가 조금 나른함을 느꼈다.

아아, 후련해!

"후우, 어때? 마코토!"

"굉장한데. 대삼림의 나무는 불에 강할 텐데도 호쾌하게 타고 있네."

마코토가 감탄한 듯이 말했다. 오랜만에 10% 정도의 위력으로 파이어 볼을 쓸 수 있었다.

기분 좋았어. 아, 하지만 불이 너무 셀……지도?

대삼림의 마수(魔樹)는 잘 타지 않는다.

하지만 그런 건 상관없다는 듯이 요란하게 불타오르고 있다.

어, 어라? 좀 과했나?

――산불이 났다.

◇ 타카츠키 마코토의 시점 ◇

"아저씨, 소다 칵테일 하나요."

"나도요. 진하게."

나와 루시는 피곤에 절어 늘 가는 꼬치구이 노점에 앉았다.

"오냐. 마코토가 술을 주문하다니 별일이군."

"오늘은 완전히 진이 빠져서. 취하고 싶어요."

"무슨 일 있었냐?"

주인장이 물었다. 루시가 쏘아낸 마법은 대삼림에 화재를 일으켰다.

나와 루시는 그 불을 끄고 다녔다. 소화 작업은 주로 내가 했지만.

루시는 계속 허둥지둥했다.

도중에 마의 숲에서 강해 보이는 마물이 불에 이끌려 모여들어서 엄청나게 초조했다.

그 뒤 도시로 돌아왔더니 모험가 길드에서는 "마의 숲 쪽에서 연기가 나고 있어", "숲을 태울 정도로 위험한 마물이 나온 거 아니야?" 하며 큰 소란이 벌어져 있었다.

마리 씨와 루카스 씨에게는 눈물이 쏙 빠지게 혼나고, 루시는 대삼림에서 불 마법을 쓰는 것을 금지당했다.

거의 한 시간 가까이 설교를 듣고 바로 조금 전에 풀려났다.

"하하, 그것참 고생이 말도 아니었겠군."

"웃을 일이 아니에요. 파티로 연계하는 건 꽤 어렵네요. 그치, 루시?"

"……."

대답이 없다. 흘끗 옆을 보니 시무룩해 있는 것 같다.

루시가 머뭇머뭇 입을 열었다.

"저기, 마코토. 화났어?"

"응? 화나긴, 뭐가?"

"내 마법 때문에 고생했잖아……."

"별로 신경 안 써."

"파티 해산하자고 말 안 해?"

"아직 첫날인데?"

그럴 리가 없지 않느냐고 했지만 아무래도 루시는 과거에 몇 번인가 첫날에 파티에서 쫓겨난 경험이 있는 듯했다. 성급한 녀석들도 다 있군.

"뭐, 다음에는 좀 더 위력을 줄여서 쏘면 될 거야."

"그게 최소야."

"어?"

"그것보다 위력을 줄일 수가 없어."

그 어이없는 파이어 볼이 최소 위력.

──지금 것은 메가 파이어가 아니라…… 파이어다.

옛날에 읽었던 만화 속 대마왕의 대사가 머리를 스쳤다.

루시는 대마왕이었나……. 아닌가, 아니겠지.

"일단, 불 마법 이외의 마법을 써 볼까?" 하고 다른 안을 제시해 보았다.

"모, 못 써……."

"뭐라고?"

루시가 [소울 북]을 보여주었다.

유니크 스킬:[불 마법(왕급)], [대마도(大魔道)], [정령사]라고 쓰여 있었다.

"대마도 스킬은 [불], [물], [나무], [땅]의 4속성을 쓸 수 있는 스킬이라고 들었는데."

"불 마법 수행만 해서……."

불 마법은 공격 마법의 기본이다.

나처럼 물 마법밖에 못 쓰는 사람을 빼면 일반적으로 불 마법부터 연습한다.

공격력이 높고 대부분의 마물에게 유효한 공격 마법이니까.

하지만 불 마법밖에 못 쓰다니 아깝잖아. 기껏 있는 대마도 스킬이 울겠다.

"정령사는?"

"엘프와 드워프가 많이 가지고 있는 스킬이야. 우리는 정령 신앙을 가졌으니까."

"루시는 정령 마법을 못 써?"

"……"

루시는 말없이 눈을 피했다. 물을 것까지도 없……나.

뭐, 못 쓰리라고 예상은 하고 있었지만.

"정령 마법은 어려워. 자신의 마력이 아니라 정령의 마나를 빌리는데 컨트롤이 힘들어."

"자기 마력도 만족스럽게 못 다루는 루시에게는 버겁겠네."

"으으! 그, 그래."

기껏 강해 보이는 스킬이 포진했는데.

나도 하나 갖고 싶다. 이런 소릴 해도 의미 없나.

"우선, 불 마법 수행을 할까."

꼬치구이를 씹으면서 잔을 톡톡 두드렸다.

"응……."

루시는 작게 고개를 끄덕이고, 테이블에 푹 엎드렸다.

너무 마셨나. 진하게 해달라고 하니까 그렇지.

한동안 루시와 연계하는 방법에 대해 시행착오를 거듭하는 매일이 이어졌다.

루시는 마법 영창에 시간이 걸린다. 맞으면 위력이 대단하다.

그래서 기본적으로 내가 미끼가 되어 적을 끌어오고 마무리는 루시가 한다.

그럴 계산이었지만, 루시의 마법이 안정이 되지 않았다.

——어떤 때는 불꽃이 분열되고.

——어떤 때는 엉뚱한 방향으로 날아가고.

——어떤 때는 손 위에서 폭발해서 하마터면 둘 다 숯덩이가 될 뻔했다.

그럼 [불 마법] 말고는? 시험해 보았다.

하지만 지금까지 거의 수행하지 않은 만큼 영창 속도가 터무니없이 느렸다.

"안 돼. 이건 무리야."

남쪽 숲에서 거대 쥐를 상대로 10분 정도 놀아 봤지만 전혀 발동하지 않는 루시의 [땅 마법]을, 나는 전력으로 써먹길 포기했다.

'물 마법 : 아이스 플로어.'

주르륵. 거대 쥐가 발이 미끄러져 넘어진다. 거기에 단검을 던져 숨통을 끊었다.

  콱 하고 단검이 꽂히고 거대 쥐의 숨통이 끊겼다.

  내 마법으로는 거대 쥐 한 마리 처리할 수 없어서 일일이 '마법으로 발 묶기 → 단검으로 처리' 하는 순서가 필요하다.

  귀찮네, 진짜. 그런 생각을 하고 있는데 시선을 느꼈다. 뭡니까, 루시.

  "마코토의 마법 : 아무리 무영창이라지만 발동이 너무 빠른 거 아니야?"

  루시가 끈적끈적한 시선을 보낸다.

  "10분이나 영창했는데 발동하지 않는 마법에 비하면야."

  "우웃."

  루시의 눈에 금세 눈물이 맺혔다.

  괴롭힌 거 아니야! 울지 마!

  "마법 숙련도는 올랐어?"

  "일주일에 하나밖에……."

  "루시의 숙련도는 11이었지?"

  무영창에 필요한 숙련도는 50. 아직 갈 길이 멀구나.

  "참고로 나는 91이야. 나도 하나 올랐어."

  "이상하잖아! 보통 50이 넘어가면 거의 안 오른다고 들었다고! 왜 나랑 같은 속도로 성장한 거야!"

  난 몰라. 매일 같이 수행하고 있어서겠지.

  그리고 아침에 일어나서 바로, 그리고 밤에도 자기 전까지 수행하고 있어서일까?

한숨을 쉬면서 거대 쥐의 가죽을 벗겼다.

여전히 베는 맛이 좋다. 기분 좋은 사용감이다. 여신님께 감사.

"그 단검, 엄청 잘 잘리네. 뭔가 스킬을 쓰고 있어?"

루시가 눈치 빠르게 지적했다.

"이거 마법 무기야."

"흐응, 마법사인데도 단검이 무기구나."

"딱히 상관없잖아."

여신님에게 받았다는 건 비밀로 하고 있다.

후지양에게 '그다지 남들에게 말하지 않는 편이 좋소.' 라고 충고를 받았기 때문이기도 하다.

뭐, 사신의 신자라고 일부러 말하고 다닐 필요도 없고.

"오늘은 이만 마치자. 난 지금부터 고블린을 사냥하고 올 테니까 저녁때 평소에 만나던 자리에서 합류하자."

수행만 하고 벌이가 없으면 먹고살 수 없으니 고블린 사냥은 계속하고 있다.

하지만 사냥 시간이 적어서 벌이가 줄었다. 이것도 곤란한 상황인데 말이지.

"응……. 난 마을에서 마법을 연습하고 있을게……."

루시가 터벅터벅 도시 쪽으로 걸어갔다.

으음, 기운이 없군. 이럴 때 여자애에게 어떻게 기운을 불어넣어줘야 할까.

[미연시 플레이어] 스킬이 있는 후지양에게 상담해 볼까.

같은 날 저녁.

"루시, 오늘 하루도 수고했어."

"응, 마코토도. 사냥을 다 맡겨 놔서 미안해."

"신경 쓰지 말라니까. 파티니까 서로 돕는 거지."

언제나처럼 길드 입구 안의 노점 지역.

하지만 꼬치구이 아저씨네 가게가 만석이어서 장소를 바꿔 다른 가게 벤치와 테이블에서 저녁밥을 먹었다. 저녁 메뉴는 루시가 좋아한다는 채소와 닭고기가 들어간 샌드위치와 수프.

그 밖에는 주스를 샀는데 왜인지 알코올이 들어 있었다.

'서비스로 주는 거야.' 라며 점주 아주머니가 윙크했지만 그런 서비스는 필요 없거든요.

"아아, 진짜! 왜 잘 안 되는 거야!"

두 잔째를 비운 루시가 머리를 쥐어뜯고 있다.

거칠어졌네. 하지만 기운이 없는 것보단 낫나.

"뭐, 느긋하게 가자고."

샌드위치를 씹으며 잔에 든 얼음을 두둥실 띄우면서 논다.

공중에 뜬 얼음을 입에 쏙 넣었다. 차갑다.

"저기, 내 앞에서 그렇게 무영창 마법 쓰는 건 비꼬는 거야?"

"단순한 수행이야."

"진짜 신들린 마법 발동 속도네. 엘프 마을에도 그렇게 턱턱 마법을 쓰는 애는 없었어."

"하지만 위력은 시시하잖아. 그 부분을 루시가 보충해 주면 좋겠는데 말이야."

루시는 대답하지 않고, "우우." 하는 이상한 소리와 잔을 들이켜 목구멍이 꿀꺽꿀꺽 울리는 소리가 들린다.

　역시 좀 기운이 없군.

　"있지, 마코토오."

　"왜?"

　"아줌마, 한 잔 더요."

　"이봐, 중간에 끊지 마."

　취했냐. 루시는 술은 좋아하는 것 같지만 별로 세지는 않다.

　네 잔째 술을 반쯤 마시고 나서 루시가 말하기 시작했다.

　"나, 엄마가 목표야."

　응? 처음 듣는 이야긴데.

　"흐음, 루시의 어머니는 뭐 하는 분이셔?"

　"마법사야. 말도 안 되게 강한 마법사."

　"헤에. 유명한 마법사야?"

　"응……."

　"이름이 뭔데? 나도 아는 사람인가?"

　루시가 침묵했다. 이름은 말하고 싶지 않은 건가?

　"마코토는, 뭔가 목표가 있어?"

　질문으로 대답했다. 으음, 목표인가. 일단은 있지만.

　조금 부끄럽지만 파티 동료에게 숨기는 것도 이상하고.

　"해저신전 공략."

　솔직하게 대답했는데 그 말을 들은 루시가 멍한 얼굴을 했다.

　"어? 그 최고 난이도? 미공략 던전?"

"응, 거기를 클리어하는 게 목표일까, 일단은."

여신님이 해저신전에 있으니까.

"이, 일단은?! 무슨 소리야! [최후의 미궁]으로 불리는 장소거든?!"

"헤, 헤에⋯⋯. 그건 몰랐네."

라스트 던전이냐고요, 여신님.

"왜 하필이면? 미공략 던전이라면 [하늘 꼭대기 탑]을 클리어하면 불로불사가 된다고 하고, [나락]은 엄청난 재물과 무기가 잠들어 있다고 하는데. [해저신전]은 난이도는 높은 주제에 뭐가 있을지 모르는 던전이잖아?"

지독한 평가다. 여신님? 선전이 부족한 거 아니에요?

(시, 시끄러워! 인간계에 간섭할 수 없으니까 어쩔 수 없잖아.)

토라진 얼굴의 여신님이 뇌리에 떠오른다.

"해저신전은 바닷속에 있잖아. 물 마법 숙련도를 극한까지 올리면 나도 갈 수 있지 않을까."

최종 목표를 위해 일단은 정보를 수집해 놓았다.

물속에 있기 때문에 모험가에게는 인기가 없는 던전이지만, 나에게는 매우 고마운 일이다.

물 때문에 곤란할 일은 없으니까.

"그런가⋯⋯. 해저신전이 있는 중앙 대해의 심해는 물의 정령이 해류를 마구 휘젓고, 수룡이나 해수(海獸), 심지어 [해왕 리바이어던]까지 있다고 해. 인간 따윈 한입에 삼켜질 것 같은데."

"뭐, 마물한테는 [은밀] 스킬로 숨으면서 갈 거야."

"정령한테서는 못 도망쳐. 그 녀석들은 어디에나 있으니까. 변덕스럽고 장난꾸러기고."

"으음, 그건 몰랐어."

베리 맛이 나는 칵테일을 쭉 들이켰다. 이건 너무 단데.

"정령이란 건 대체 뭐야?"

"불과 물과 바람과 땅. 세계는 그 네 가지로 만들어져 있어. 그게 오래된 신의 가르침이야."

응? 신경 쓰이는 단어가.

"오래된 신?"

"으음, 인간들에겐 사신이었던가? 티탄 신족이라고 몰라?"

알아. 내가 신자거든.

"오래된 신은 정령과 사이가 좋았지만, 지금 세계를 다스리는 성신님은 정령을 싫어해. 그래서 정령 마법은 인기가 없어."

루시가 재미없다는 듯이 말한다.

"그럼 해저신전에 가려면 정령을 어떻게 해야 되는 거구나."

"그렇게들 말하지만 사실 어떤지는 몰라. 신화니까. 하지만 목숨 아까운 줄을 모르네. 수습 마법사가 해저신전을 노리다니."

"목표는 높은 게 좋잖아."

"그, 그렇지! 높은 목표가 좋지."

루시가 갑자기 힘차게 동의했다.

"마코토! 내일부터도 힘내자!"

루시가 기운이 난 것 같다.

"내일은 어떻게 수행할까."

"으음, 글쎄~."

그리고 나서는 밥을 먹고 술을 벌컥벌컥 마시며 이야기했다. 평소대로다.

평소대로가 아닌 건 마법사 2인조인 문제아 파티에 말을 걸어 온 녀석이 있어서일까.

"이봐, 마코토. 잠깐 괜찮아?"

말을 건 사람은 장과 에밀리.

루시의 옛 파티 멤버들이었다.

6장 타카츠키 마코토, 임시 파티를 짜다

"이봐, 마코토. 같이 퀘스트를 받지 않을래?"

장이 그런 말을 했다. 옆에는 승려인 에밀리가 있다.

"하? 무슨 소리야, 너희들, 잠꼬대라도 하는 거야? 저리 가!"

술이 들어간 루시가 세게 나온다. 아니, 멋대로 거절하는 겁니까, 루시 양.

"우리는 마코토에게 말한 거야! 왜 루시가 거절하는데!"

에밀리가 반론했다. 이것들이, 싸우지 마.

"왜 굳이 우리랑?"

일단 이야기를 들어볼까.

"실은 말이야. 이번에 [폭주 바이슨] 토벌을 할 생각이거든."

"헤에……."

──폭주 바이슨. 위험도 중위인 클래스 2 마물.

쉽게 말하면 거대한 소 마물이다. 크기는 일반적인 소의 세 배 정도.

평소에는 얌전하지만, 화가 나면 흉포하다. 빨간 물건을 보면 흥분한다. 그런 마물이다.

초식이라 사람을 덮치거나 하지는 않지만 마차에 돌진해 여행자를 곤란하게 만드는 존재라고 한다.

　브론즈 랭크 모험가 파티에게는 딱 좋게 어려운 퀘스트일까.

　보수 금액은 그럭저럭 좋다. 폭주 바이슨의 고기는 아주 맛있어서 비싸게 팔린다.

　용돈벌이로 대중적인 퀘스트다. 하지만…….

　"나는 패스."

　"어? 왜, 왜지!"

　"폭주 바이슨은 초원을 영역으로 삼는 마물이잖아. 맥캘란 부근의 초원에는 물가가 적어. 나는 물이 없으면 아무것도 못 하는 수습 마법사니까 도움이 안 될 거야."

　남은 칵테일을 털어 마셨다.

　"아니, 하지만 [색적] 스킬이 특기잖아?"

　"[색적], 필요 없지 않아?"

　초원에 있는 거대한 소는 스킬을 쓸 것까지도 없이 멀리서도 보인다.

　"도움이 안 될 것 같은데."

　샌드위치를 우물우물 씹으면서 이야기를 끝내려고 했다.

　"기다려! 보수는 네가 더 많이 가져가도 좋아! 그러니까 같이 가지 않을래?"

　"왜 그렇게까지 같이 가고 싶어 하는 거야."

　"지난번 일을 사과하려고 그러겠지."

　루시가 대답했다. 호오, 그런가?

　장과 에밀리를 보니 멋쩍어하는 기색이었다.

"사과하는 의미도 있지만, 같은 신인 모험가니까 앞으로 사이
좋게 지내고 싶어."

에밀리가 대답했다. 사이좋게 말인가. 어쩔까.

"하? 이제 와서 사이좋게 지낼 수 있을 리가 없잖아."

"너는 왜 그렇게 시비조야!"

하악! 하고 고양이가 싸우는 것처럼 루시와 에밀리가 서로 노
려보았다.

너희는 좀 더 사이좋게 지내라.

"이봐, 장. 함께 모험할 거면 고블린 퇴치라도 괜찮잖아?"

"아아, 그 생각도 했지만 고블린은 대삼림에 있잖아. 대삼림
에서 루시의 불 마법은 금지되었다고 들었어."

"아, 그랬지."

마법 컨트롤이 될 때까지, 루시는 대삼림에서 불 마법 사용을
금지당했다.

루시가 쓸 수 있는 제대로 된 공격 마법은 불 마법뿐.

그런 이유로 최근에는 매일 수행의 나날이다.

"초원이라면 루시의 불 마법도 마음껏 쓸 수 있잖아."

"뭐, 확실히. 어떡할래? 루시."

"으엑, 쟤들하고 같이 가자고?"

루시는 불만스러워 보였다.

하지만 최근에는 수행만 해서 지겹고, 우리는 밸런스가 나쁜
마법사 2인조 파티. 전위인 장과 회복 및 보조인 에밀리가 들어
오면 밸런스가 좋아진다.

다만, 걱정되는 점이 한 가지 있다.

"나는 할 수 있는 게 없는데?"

물이 없는 초원에서는 도움이 안 된다. [색적] 스킬과 [은밀] 스킬도 의미 없고.

"뭐, 뭐어, 발을 묶거나 해 주면."

에밀리가 말하기 힘든 듯이 말했다. 요컨대 미끼라는 건가.

[도주] 스킬과 [회피] 스킬로 어떻게 되려나.

"좋아. 보수는 우리가 더 많이 받아도 되지?"

"그래, 7 대 3으로 나누자."

최근에는 많이 못 벌었으니 괜찮을까?

"루시, 모처럼 말해 줬으니까 같이 가자."

"진짜야?!"

장의 얼굴이 밝아진다.

"마코토가 그렇게 말한다면 알겠지만."

루시도 떨떠름하게 동의해 주었다.

──다음 날.

모험가 길드 휴게실에서 눈을 뜨고, 근처 우물에서 물로 얼굴을 씻었다.

그 뒤 여신님의 단검을 양손으로 들고 기도했다.

"오늘도 열심히 할게요, 여신님."

(응응, 안전제일이야, 마코토.)

일과인 기도를 마치고 장 일행과 약속한 장소로 향했다.

집합 장소는 동문 앞이다. 문을 지나 초원으로 나갔다. 날씨는 쾌청. 구름 한 점 없다.

——즉, 악천후다. 물 마법사인 나에게는.

가랑비라도 내려 주면 좋았을 텐데. 뭐, 이것만큼은 운이다.

도중에는 장과 이야기하며 목적지로 향했다.

"헤에, 장과 에밀리는 소꿉친구였어?"

"하이랜드의 고아원에서 같이 자랐거든. 나는 기사를 지망했고, 에밀리는 하이 프리스트 지망. 하지만 우선은 모험가로 명성을 올릴 생각이야."

"견실한 목표구나."

모험가로서 유명해지고 나서 이직하고 안정된 직업을 가진다.

이 세계에서는 일반적인 장래 계획이다.

하지만 모험가 직업은 위험이 많아서 도중에 좌절하는 사람도 많다고 한다. 하긴 그렇겠지.

그리고 장과 에밀리는 딱히 연인 사이는 아니라고 했다.

요전번 루시가 이러니저러니 말했던 건 트집이었던 모양이다.

하지만 미인 소꿉친구라니. 부럽네.

"마코토는 목표가 뭐야?"

"으음, 일단은 레벨을 올려서 난이도가 높은 던전에 갈 예정이려나."

최고 난이도 던전, [해저신전]이 목표인 건 덮어두었다.

루시도 어이없어했었으니까. 브론즈 랭크가 노릴 만한 던전이 아닌 모양이다.

"헤에, 모험가 외길 인생인가."

"그것밖에 못하는 것뿐이야."

반 아이들처럼 어느 나라에 고용되어 우아하게 왕궁 생활.

내 스테이터스와 스킬로는 무리지.

"역시 목표는 대미궁 [라비린토스]야?"

"대륙 최대 던전 말이지…… 언젠가 가보고 싶긴 한데."

나무의 나라 스프링로그, 물의 나라 로제스, 불의 나라 그레이트키스, 이 3개국에 걸쳐 지하에 펼쳐지는 거대한 대미궁.

너무도 넓어 탐색되지 않은 장소가 아직도 많이 남아 있다고 한다.

도전하는 모험가도 많다.

"그러려면 아이언 랭크가 되어야지."

"그렇지."

대미궁은 아이언 랭크 이상 모험가 권장이다. 우리에겐 아직 힘들다.

조금 떨어져서 루시와 에밀리가 따라온다.

사이좋게 잘 지내고 있나?

신경이 쓰여 [밝은 귀] 스킬을 써 보았다.

"저기, 너희는 어디까지 갔어?"

루시가 에밀리에게 달라붙어 있었다.

이봐, 괜찮아? 싸우면 안 된다?

"뭐, 뭐야, 갑자기."

"너, 장을 좋아하잖아? 조금은 진전이 있어?"

"저기 말이야, 우린 그냥 소꿉친구라니까."

"무슨 소리야. 나를 눈엣가시로 여긴 주제에."

"아니야! 애초에 루시가 항상 노출이 심한 옷만 입으니까 장이 쩔쩔맸단 말이야 오늘도 그런 차림이고."

"더우니까 어쩔 수 없잖아. 게다가 그건 장의 수행이 부족한 거지. 마코토는 내 옷차림을 하나도 신경 안 쓰거든?"

'신경 쓰는데요.'

[명경지수] 스킬로 번뇌를 억누르고 있을 뿐입니다.

"그것도 대단하네…… 저 애는 여자한테 관심이 없는 걸까?"

실례되는 소리를 하네. 흥미진진한데요, 문제 있나요?

"마코토가, 남자를 좋아……하면 어쩌지."

루시가 쓸데없는 걱정을 했다. 바보냐.

"너야말로 마코토하고 어떤데?"

에밀리가 반격에 나섰다.

"하? 뭐가 있을 리가 없잖아. 아직 같은 파티로 지낸 지 몇 주밖에 안 됐거든?"

"그런 것치고는 친밀한데? 매일 밤늦게까지 둘이서 수행한다며. 모험가 길드에 소문이 났어."

"어…… 그래?"

어? 그래?

"마녀 루시의 독니에 걸려든 다음 타깃은 이세계의 마법사 마코토인가."

"때린다."

"네가 먼저 이상한 소릴 했잖아."

더 이상 듣는 건 그만두자. 위험, 위험.

출발하고 얼마 후.

"저거 아니야?"

루시가 무언가를 가리켰다. 그곳으로 시선을 돌린다.

"어디?"라고 에밀리가 말했다.

"안 보이는데."라며 눈에 힘을 주는 장.

"천리안 스킬을 쓸까."

내가 스킬을 쓰자 확실히 작은 점처럼 소 같은 마물이 보였다.

[색적] 스킬 범위 밖이라 우리가 찾는 사냥감인지는 모르겠다.

"저렇게 먼데 잘 보는구나."

[천리안] 스킬로도 확실히 안 보이는데.

"엘프는 눈이 좋거든!"

루시가 의기양양하게 가슴을 폈다.

"그래서? 어떡할래?"

모두에게 물어보았다.

"내가 마법으로 날려버릴게!"

루시가 팔을 걷어붙인다.

"여기서 500M(메르) 정도 되는데, 맞을까?"

장이 의심스럽다는 듯이 말했다.

"무리겠지."

에밀리가 딱 잘라 말했다.

"뭐야! 원거리 공격을 할 수 있는 건 나뿐이잖아!"

루시가 울컥 화를 냈다.

"루시의 마법은 컨트롤이 빵점이니까."

루시의 마법을 실컷 봐서 안다. 이 거리는 무리다.

"내가 미끼가 될게."

단검을 칼집에서 빼내 휙 겨누었다.

"나는 이번에 공격 면에서는 도움이 안 되니까."

날씨는 쾌청. 구름 한 점 없고 사방이 초원이라 물가도 없다.

손에 들고 있는 단검과 내 마법으로는 덩치가 커다란 폭주 바이슨에게 효과적인 공격은 바랄 수 없다.

"마코토, 괜찮아?"

루시가 걱정스러운 얼굴을 내게 돌렸다.

"스킬을 써서 잘할 거야. 이쪽으로 끌어오면 루시의 마법으로 약하게 만들고, 장의 마법검으로 마무리해."

"나는 루시와 장에게 마법과 공격 효과가 올라가는 보조 마법을 쓸게."

"작전은 정해졌군. 루시는 영창 시작해 놔."

"기다려, 마코토에게 방어 마법을 걸 테니까."

에밀리가 보조 마법을 걸어 주었다. 자, 갈까.

만약을 위해 [은밀] 스킬을 쓰면서 폭주 바이슨에게 슬금슬금 접근했다.

거리가 좁혀짐에 따라 서서히 마물의 커다란 몸뚱이가 명확하게 보이기 시작했다.

폭주 바이슨의 몸길이는 중형 버스 정도인가.

저 몸통에 치이면 인간이 나뭇잎처럼 날아갈 것 같다.

아직 나를 눈치채지 못했는지 느긋하게 풀을 뜯고 있다.

루시의 영창이 슬슬 끝나려나.

뒤돌아본다. 장이 손을 드는 것이 보였다. 준비 완료 신호다.

'좋아.'

[은밀] 스킬 해제.

폭주 바이슨이 흘끗 이쪽을 보았다. 들켰다. 하지만 아직 경계만 한다.

나는 근처 바닥에 있는 돌을 주워 [투척] 스킬을 발동했다.

여행자 스킬로, 던진 물체가 반드시 맞는다. 하지만 공격력은 거의 없다.

상대의 주의를 끄는 데밖에 쓸 수 없는 스킬이다.

"으랏!"

손에 든 돌을 힘차게 던졌다.

"스트라이크."

전력투구한 돌이 폭주 바이슨의 코에 명중했다.

음머어어어어. 분노의 울음소리가 울려 퍼진다. 이쪽을 번득 노려본다.

'왔다! 이젠 끌어가기만 하면.'

[도주] 스킬!

나는 전속력으로 동료들 쪽으로 향했다. 그 뒤를 폭주 바이슨이 쫓아온다.

컥. 예상보다 빠르잖아? 빅 오거보다 속도가 빠르네.

지난번 숲속과는 다르게 장애물이 없다. 이러면 따라잡힌다.

뒤돌아보니 흙먼지를 날리며 폭주 바이슨이 돌진해 왔다.

오오, 박력 죽이네. 맞으면 잘해야 전신골절 코스. 잘못하면 죽는다.

[회피] 스킬!

따라잡히기 직전에 스킬을 발동했다. 쐐액. 눈앞을 검은 덩어리가 통과했다.

투우사가 된 기분이다. 다시 한번 회피하려고 폭주 바이슨 쪽을 보았다.

폭주 바이슨이 이쪽으로……

"응?"

이쪽으로 안 와?

"어? 어어어?"

루시가 얼빠진 목소리를 냈다. 폭주 바이슨은 빨간 것을 보고 흥분한다. 루시는 머리가 빨갛고 새빨간 망토를 입고 있다.

"아차."

루시 양, 마음에 들었구나.

"온다!"라고 장이 소리친다.

"히익! 파이어 볼!" 하고 루시가 마법을 발동했다.

쾅 하고 거대한 불구슬이 폭주 바이슨을 향해 발사되었다.

"너무 빨라!"라고 나는 무심결에 소리쳤다.

폭주 바이슨은 달리기 시작하면 방향을 바꾸지 못한다. 그래서 돌진 후에 마법을 쏘면 거의 100% 명중한다. 하지만 달리기 전이라면 당연히 피한다.

폭주 바이슨은 여유롭게 파이어 볼을 피했다.

다시 루시에게 돌진하려고 뒷발을 땅에 긁고 있다.

"아와와와와!"

"잠깐, 루시! 빨리 한 번 더 영창해!"

혼란에 빠진 루시를 에밀리가 진정시키고 있다.

하지만 이러다간 늦겠군. 폭주 바이슨이 머리를 낮추고 돌진 자세를 보였다.

"온다!"

장이 방패를 들었지만 저걸로는 못 막을 거다. 어쩔 수 없다. 마력을 다듬는다.

"물 마법 : 아이스 플로어!"

폭주 바이슨의 발밑을 얼렸다. 폭주 바이슨이 주르륵 미끄러진다.

음머어어어어 하고, 좀 얼빠진 울음소리를 내며 넘어졌다.

"마코토의 마법인가?!"

장이 이쪽으로 달려온다.

"그래! 하지만 두 번은 무리야. 마력이 얼마 안 남았어."

"진짜냐! 마력 너무 적잖아!"

"시끄럽네!"

"이봐, 루시! 한 번 더 파이어 볼을 쏴."

"아, 알았어."

"윈드 블레이드!"

장이 검을 내리치자 마법 칼날이 폭주 바이슨의 옆구리에 명중했다.

좌악 소리가 나고 폭주 바이슨이 피를 흘렸다. 하지만…….

"별로 효과가 없는 것 같네."

폭주 바이슨은 건재하다. 이쪽으로 거친 콧김을 뿜으며 돌진 자세를 취하고 있다.

"원래 근거리용 마법 검기(劍技)야. 투척 도구로 쓰면 위력이 낮아."

장이 분한 듯이 말했다.

루시의 영창은 아직 반도 안 끝났다.

"좋아. 둘로 갈라지자. 내가 미끼가 돼서 피할게. 장은 뒤에서 공격해."

"어, 어어. 하지만 어떻게 마물을 끌려고?"

"으음, 이런 느낌일까."

나는 나이프를 겨누고 폭주 바이슨을 향해 달렸다.

"이, 이봐!"

장이 뒤에서 초조하게 소리친다.

폭주 바이슨이 번득 이쪽을 노려본다. 나를 향해 돌진한다!

[회피] 스킬! 그리고!

"물 마법 : 아이스 커터!"

마지막 마력을 쥐어짜 발동한 마법이 폭주 바이슨의 한쪽 눈을 꿰뚫었다.

음머어어어어! 괴로운 비명이 울려 퍼진다.

"오오! 됐다!"

장이 한가한 소리를 했다.

"안 됐어. 화나게 한 것뿐이야."

폭주 바이슨이 화를 내며 이쪽으로 돌진했다.

한쪽 시야를 잃어 조금 비틀거린다. 이걸로 조금 피하기 쉬워졌군.

"나는 이제 마력이 바닥났어. 장, 맡긴다!"

"너 마법사 맞냐?! 좋아, 알았어! 이 뒤는 나한테 맡겨."

장이 방패를 들고 폭주 바이슨의 옆쪽에서 태클을 먹였다.

쾅 하고 커다란 것이 격돌하는 소리가 울리고 마물이 휘청거린다.

저건 실드 스킬인가. 좋은 기술을 가지고 있잖아.

"영창 끝났어!"

에밀리가 외친다. 장과 나는 황급히 적에게서 떨어졌다.

"파이어 볼!"

루시가 마법을 쏘았다. 폭주 바이슨은 장의 스킬을 맞고 비틀거리고 있다.

회피할 수 없다. 터무니없는 크기의 불구슬이 폭주 바이슨의 거대한 몸뚱이를 완전히 뒤덮었다. 불기둥이 확 치솟는다.

음머어어어어어어……. 불꽃에 휩싸인 폭주 바이슨의 단말마 소리가 울려 퍼졌다.

"루시의 마법 위력, 엄청나네……."

에밀리가 불쑥 말했다.

"내가 나갈 차례가 없었군……."

장이 서운한 듯이 중얼거렸다.

숨통을 끊으려고 준비하고 있었는데 차례가 안 돌아왔나. 아니, 빠릿하게 움직이던걸.

"해냈네!"

루시는 만족스러워 보였다.

"하지만 사냥감이 새까맣게 탔다고. 이러면 못 팔지 않겠어?"

나는 장에게 물었다.

용돈벌이를 하려던 건데, 과하지 않았나?

"털가죽은 안 되겠지. 하지만 내장과 뼈도 소재로 가치가 있으니까 매입해 줄 거야. 아마도……."

장은 조금 불안해 보였다. 이봐, 괜찮은 거겠지?

"배고프다. 잠깐, 이거 못 먹으려나."

루시가 와일드한 소리를 했다. 확실히 고기 굽는 좋은 냄새가 나지만.

"너도 참. 그러다 배탈 날 거야."

에밀리가 지극히 옳은 딴지를 걸었다.

"길드에 보고할 거야. 매입과 마물 운반 의뢰를 해야지."

대형 마물을 토벌한 경우는 길드에 보고하면 운반과 심사를 해 준다.

장에게 통신기가 있어서 길드에 연락을 취해 주기로 했다.

우리는 그때까지 다른 마물이 안 오는지 망을 보았다.

이 부근에는 강한 마물이 거의 없으니 괜찮겠지.

잠시 동안 주위를 둘러보며 느긋하게 길드 사람이 오기를 기다렸다.

이변을 알아차린 것은 폭주 바이슨을 해치우고 장이 길드에 보고한 지 10분쯤 됐을 때였다.

──[위험감지] 스킬의 경고음이 머릿속에서 울려 퍼졌다.

키잉 하고 찢어지는 소리가 머릿속에 울려 얼굴이 찌푸려진다.

이렇게 높고 큰 소리는 처음 듣는데. 빅 오거 때보다 크다.

"이봐! 강한 마물이 있어!"

모두에게 주의를 재촉했다.

"어? 마코토, 어디?"

"마코토! 진짜냐?"

"주위를 경계해! 뭔가 있을 거야!"

[색적] 스킬로 위치를 찾는다.

"아! 저걸 봐!"

루시가 가리킨 방향을 보았다. 엄청난 기세로 무언가가 덤벼든다.

"말도 안 돼?! 그리폰!"

에밀리가 비명을 질렀다.

이쪽으로 달려드는 것은 [위험도 상위, 클래스 3]의 마물 그리폰이었다.

──그리폰.

판타지 세계에서는 드래곤 다음으로 유명할지도 모르는 마물.

독수리의 상반신과 사자의 하반신을 가진 괴물. 이런 건 누구나 알고 있나.

나는 RPG 게임에 나오는 그리폰을 꽤 좋아한다.

대체로 게임 중반쯤에 강적으로서 나온다.

최종 보스가 그리폰인 게임은 본 적이 없지만, 중간 보스로서 플레이어에게 난관으로 가로막는 경우가 많다. 무엇보다 멋있다.

하지만 이렇게 초반에 갑자기 나오는 경우는 없지 않아?

마음의 준비라는 게 있거든, 그리폰 씨?

판타지에서 제일 유명한 몬스터가 맹렬한 속도로 우리가 있는 곳으로 날아든다.

거대한 날개의 풍절음과 낮게 으르렁대는 짐승의 울음소리가 들린다.

"크다……."

그리폰의 거체는 폭주 바이슨보다 한 아름은 크다. 두꺼운 앞발에 뻗어 있는 낫 같은 발톱이 빛난다. 저걸로 베이고 싶지 않은걸…….

"다들 떨어져! 아마도 폭주 바이슨의 고기가 목표일 거야." 라고 장이 외쳤다.

그리폰은 구운 고기 냄새에 이끌려 왔으리라.

장은 에밀리의 손을 끌고 도망치고 있었다.

"루시, 도망치자."

"으, 응……."

퍼덕퍼덕. 거대한 독수리 날개에 바람이 휘몰아쳐 회오리바람이 여기까지 닿는다. 그리폰은 예상대로 폭주 바이슨 위에서 멈췄다. 그대로 그 고기를 먹기 시작했다.

"아아, 우리 사냥감이……."

루시 양, 이번 사냥감은 포기합시다. 살아야 모험가도 할 수 있는 거야.

그리폰을 자극하지 않도록 슬금슬금 거리를 벌렸다.

'사냥감은 줄 테니까 그대로 어딘가로 가 주지 않으려나.'

그렇게 기도했지만 그리폰은 이쪽을 빤히 쳐다보았다.

사냥감을 노리는 눈빛. 시선 끝에 있는 것은…… 루시?

"어?"

루시가 얼빠진 목소리를 냈다. 오늘로 두 번째인가.

"루시, 오늘 인기 많네."

"잠깐, 이게 말이 돼?!"

표정을 굳힌 루시가 뒷걸음질 쳤다.

왜일까. 강한 마물은 마력이 높은 사냥감을 좋아한다는 이야기를 들은 적이 있는데 루시의 마력에 이끌린 걸까.

이런 건 나중에 생각하자. 우선은 살아남아야지.

"장! 할 수 있겠어?"

"알았어. 나와 마코토가 시간을 끌자."

"잠깐! 무리야. 죽을 거야!"

에밀리가 울상을 짓는다.

푸드덕, 날개를 치며 그리폰이 상공으로 올라갔다.

"온다!"

나와 루시를 향해 활공해 왔다.

[회피]!

루시를 끌어안고 스킬을 발동한다. 간발의 차이로 그리폰의 갈고리발톱에서 벗어났다. 그리폰이 다시 상공에서 이쪽을 노려본다.

"또 왔어!"

루시가 외친다.

끈질기군. [회피]!

"아얏."

회피할 때 루시의 발이 땅과 접촉한 것 같다.

두 명 동시에 [회피]하는 스킬은 아직 숙련도가 부족한가.

"루시, 회피하면서 영창할 수 있겠어?"

"해 보겠지만, 아마 무리일 거야……."

루시가 눈물을 머금고 호소한다.

"그렇겠지……."

애초에 집중할 수 없는 상황이고, 3분은 필요하니까. 회피하면서 영창하긴 어려운가.

그리폰이 세 번째로 덮쳐든다. 아아, 제길! [회피]!

"아얏."

간신히 피했지만 그리폰의 갈고리발톱이 어깨를 살짝 스쳤다.

점점 조준이 정확해진다. 그리폰은 곧바로 공중으로 돌아가 버렸다.

위험한데. 근접 공격이 막혔다.

장은 에밀리를 등지고 검을 겨누고 있지만, 공격으로 전환할 타이밍을 잡지 못하는 눈치다. 그리폰이 새된 소리로 울었다. 뭐지? 그리폰 주위에 마력이 모여들고 있어?

그리폰이 네 번째 공격을 시작했다. 불길한 예감이 들지만 회피할 수밖에 없다.

[회피]!

공격이 몸을 덮쳤다.

"커헉!" "꺄악!"

공격을 피했을 터인데 날려가다니?! 루시와도 떨어져 버렸다.

제길. 방금 그건 바람 마법인가? 그리폰 주위를 바람이 뒤덮고 있다.

마물이 마법도 쓰냐고!

"괜찮냐, 마코토! 루시!"

"아…… 그래. 장. 루시를 부탁해."

지끈거리는 머리를 누르며 일어섰다. 그리폰이 천천히 루시에게 다가간다. 그 전에 장이 검을 들고 가로막았다.

"장!"

에밀리가 비명을 지른다. 곤란하군, 어떡하지?

루시는 정신을 잃지는 않은 것 같지만, 일어서지 못한다. 에밀리는 떨어진 곳에서 회복 마법을 외우고 있다. 저쪽도 위험하군.

저 그리폰은 똑똑하다. 회복 마법을 쓰는 인간이 있다는 걸 알면 먼저 노릴 것 같다.

"제길!"

초조함이 섞인 장의 노성이 들려온다.

그리폰이 앞발을 휘두를 때마다 장의 방패가 날아갈 것 같다.

저래선 당하는 것도 시간문제다. 그러나 내 마력은 바닥났다.

내가 단검을 써서 공격하는 건 논외다.

도망치고 싶지만, 네 명 모두 놓아줄 것 같지가 않다.

어떡하지? 루시를 내버려두고 도망쳐? 아니, 안 된다.

(마코토, 너의 목숨을 최우선으로 챙기렴.)

여신님, 저는 동료를 버리지 않아요.

(그러니…….)

기가 막힌 듯한 여신님의 목소리가 들렸지만 무시했다.

[명경지수] 스킬을 발동해 간신히 평정심을 유지하면서 뭔가 방법이 없는지 기억을 뒤진다.

뭔가 없을까……. 떠올려 봐. 저놈을 해치울 필살기를.

——이것은 1년 전에 물의 신전에서 수업을 받았을 때의 이야기다.

"자, 여러분. 마법을 배우는 첫걸음은 마나를 느끼는 거예요."

"""""네~에."""""

동급생 아이들이 힘차게 대답한다. 나는 작게 한숨을 쉬었다.

"손을 앞으로 내밀고, 저와 함께 목소리를 내세요. 고귀한 우리의 신이시여. 저는 당신께 기도합니다……."

"""""저는 마음을 바쳐 성신님께 감사를……."""""

'이, 이게 주문 영창이라는 건가.'

조금 부끄럽군.

하지만 이 세계에서 마법을 쓰려면 영창을 하는 게 일반적이라고 한다. 참아야 해.

"어떤가요? 마나를 느꼈나요?"

"그다지……."

주위의 아이들이 따뜻해졌다거나 빛났다고 떠들었지만 나는 아무것도 느끼지 못했다. 어라, 이거 곤란하지 않아? 설마, 애들한테도 지는 건가?

파랗게 질려 있자 선생님이 다가왔다.

"마코토는 나이가 많으니 어쩔 수 없을지도 몰라요. 이런 건 아이들이 더 민감하지요."

"그런가요……?"

"그렇게 불안한 얼굴 하지 말아요. 같이 해 보죠."

그렇게 말하고 선생님이 팔을 잡았다.

"손바닥에 정신을 집중하세요."

"아, 네."

——손바닥에 희미하게 뭔가 서늘한 감촉이 느껴졌다.

'이, 이건가?!'

"어떤가요? 마코토."

"뭔가…… 느꼈어요."

"지금 선생님이 마코토와 [동조]^{싱크로}했어요. 마법사끼리 신체 접촉을 해서 상대의 마력에 간섭하는 방법이지요."

"헤에…… 그런 방법도 있네요."

"상급 이상의 마법사라면 모두 할 수 있어요. 상급 마법사는 제자를 들이는 일이 많으니까요. 누군가에게 마법 사용법을 가르치는 데 가장 손쉬운 방법이에요."

"저도 쓸 수 있나요?"

"마법사의 숙련도가 50 이상이라면 쓸 수 있어요. 다만, 속성에 적성이 없으면 잘 안 되니 주의하세요."

"선생님은 물 마법을 가르칠 수 있어서 동조할 수 있었다는 뜻인가요?"

"그렇지요. 선생님은 [달] 이외의 6속성을 쓸 수 있으니까요."

이 선생님, 은근 대단하잖아……. 나는 그 대화를 떠올렸다.

그리고 나는── 지겹도록 물 마법을 계속해서 쓴 덕분에 숙련도만큼은 상급 레벨이라고 선생님이 말했다.

◇

'다짜고짜이긴 하지만, 싱크로를 쓰자!'

장과 루시 쪽으로 뛰어갔다.

"장! 잠깐 시간을 벌어 줘! 큰 마법을 쓸 거니까!"

"아, 알았어!"

장이 검을 버리고 양손으로 방패를 들고 두 발로 힘껏 버텨 선다. 그리폰의 발이 장을 덮친다.

그것을 간신히 버티고 있다. 부탁한다, 장.

"루시, 마력을 높여."

"어! 뭐라고?"

"오른손을 내밀고, 아무튼 마력으로 아무거나 생성해! 컨트롤은 내가 할게!"

"뭘 말이야. 난 불 마법밖에 못 쓴다구!"

"그럼 그걸로 좋아. 힘껏 해 봐!"

루시의 오른손을 붙잡고 다른 한쪽 손으로 허리에 손을 감았다. 그때의 선생님처럼.

"히익! 뭐, 어딜 만져?!"

"됐으니까! 서둘러!"

"에에엑, 아, 알았어. 너무 달라붙으니까 그렇지!"

얼굴이 빨개진 루시가 일단 상황을 잊고 마법에 집중했다.

'이런 느낌인가?'

평소에는 내 몸에서부터 손으로 마력을 모으는 감각을, 루시의 몸과 일체가 된 이미지로 마력을 모은다. 루시의 마력과 싱크로한다.

원래 속성에 적성이 없으면 못 한다고 했지만, 어떻게든 될 것 같다. 안 되면 그리폰의 먹잇감이 된다. 나는 폭풍에 확 삼켜지는 듯한 것을 느꼈다.

그리고 그것이 루시의 몸에서 흘러들어왔다는 것을 깨달았다.

'이게…… 루시의 마력인가.'

"으응."

옆의 루시가 간드러진 소리를 냈지만 신경 쓸 여유가 없었다.

내가 가진 모래알 같은 마력과는 다르게 폭풍처럼 방대한 마력.

이것이 [왕급] 스킬 보유자의 마력인가. 루시는 항상 이런 것을 컨트롤하려고 했던 건가.

이건 힘들겠군. 앞으로 좀 더 상냥하게 수행하게 해 주자.

루시가 계속 마력을 높인다. 그것을 평소와는 다른 불 마법으로 변환을 시도했다.

갑자기 눈앞에 선택지가 나타났다. 아니 잠깐, 뭐야. 이렇게 바쁠 때.

[루시와 싱크로 마법을 쓰겠습니까?]

예 ←

아니오

──당연히 '예'지.

[정말 괜찮습니까?]

예 ←

역시 그만둔다

어째 좀 끈질기지 않아? 어차피 다른 방법도 없으니 할 수밖에 없다.

"불 마법 : 파이어 스톰."

눈앞에 거대한 불의 회오리가 출현했다.

"굉장해, 발동했어! 심지어 상급 마법이야!"

"방심하면 폭주할 것…… 같지만!"

태풍 속에서 자전거를 타고 엄청나게 빨리 달리는 기분이다.

땀이 멈추지 않고 솟아나온다. 몸이 뜨거워! 불타는 것 같다.

"장! 떨어져!"

"알았어!"

장이 에밀리 근처까지 대피했다.

크르르르릉, 그리폰이 경계하듯이 뒤로 물러났다.

"아아아, 피해 버리잖아!"

에밀리가 비명을 질렀다. 화염 폭풍은 그리폰에게 닿지 않았다. 그리폰이 퍼드득 공중으로 회피했다.

"마코토! 피했어! 어떡할 거야!"

불 회오리는 그리핀의 바로 옆을 통과하려 하고 있었다.

'이미지를 떠올려. 물 마법과 똑같이. 그리폰은 방심하고 있어. 지금이라면 맞힐 수 있어.'

"퍼져라!"

불 회오리가 단숨에 커다란 소용돌이로 변했다. 열풍이 여기까지 닿았다.

끼에에에에에에엑!

그리폰이 불꽃에 삼켜졌다.

"에에엑! 마법의 형상 변화?!"

"언젠가 쓸 수 있도록 연습했던 게 도움이 됐네."

이렇게 규모가 큰 마법은 예상하지 못했지만. 그리폰이 불꽃에서 도망치려고 발버둥 쳤지만 불기둥이 뒤쫓았다.

"놓칠까 보냐."

루시의 폭풍 같은 마력에도 익숙해졌다.

'그런데 뜨겁네. 어쩐지 타는 냄새가 나는 것 같은데.'

어쩐지 온몸이 따끔따끔한 듯한 기분이 든다. 땀이 멎었어?

"자, 잠깐, 마코토!"

"이봐! 마코토의 몸이 불타고 있어!"

"어?"

파이어 스톰의 불꽃 때문에 잘 안 보였는데, 내 몸이 타고 있어?

"뭐야 이거?"

"마코토! 마법을 멈춰! 더 이상은 안 돼!"

루시가 당황해 큰 목소리를 냈다.

"루시는 괜찮아?"

"나는 괜찮으니까! 아무튼 빨리 마법을 멈춰!"

──불 마법, 정지.

"어라, 나한테 붙은 불이 안 꺼지는데."

"왜 마코토는 그렇게 침착한 거야! 타고 있잖아!"

"아, 응."

그렇게 말해도 [명경지수] 스킬 덕분에 당황할 수가 없거든.

이제 와서 하는 말이지만, 진짜 편리한 스킬이다.

"그리폰이 떨어진다!"

에밀리가 가리키는 쪽을 보자 그리폰이 털썩 떨어졌다.

날개는 타서 문드러지고 몸 곳곳이 검게 탔다. 빈사상태다.

"장! 가라!"

"내게 맡겨! 그보다 너는 불을 꺼!"

장이 들고 있는 검이 빛난다.

"최대 출력, 윈드 블레이드!"

장의 검을 녹색 빛이 감싸더니 그리폰의 머리를 떨어뜨렸다.

"해, 해치웠나?"

장의 안도한 목소리가 들렸다. 옆에서는 루시가 비틀거리고 있다.

갑자기 마력을 너무 빨아올렸나.

"굉장해, 굉장해! 장! 그리폰을 해치웠어! 우리가!"

에밀리는 장을 끌어안고 있다.

"하아, 다행이다."

그리폰을 쓰러뜨렸다는 안도감에 나는 [명경지수] 스킬을 풀었다.

솔직히, 방심했다. [명경지수] 스킬에 너무 기대고 있었다.

조금 전에 약간 뜨겁다고 생각했던 게 치명상이었던 모양이다.

"아……아아……."

끔찍한 통증이 온몸을 덮쳤다. 시야가 점점 좁아진다.

"마, 마코토!"

루시의 목소리를 들으면서 눈앞이 새카매졌다. 안 돼, 의식을 유지할 수 없어.

──루시와의 싱크로 마법.

준비도 없이 실전에 나섰지만, 절망적으로 생각했던 그리폰을 무사히 토벌할 수 있었다.

브론즈 랭크인 우리가 보기에는 상당히 강력한 공격 수단이다. 다만 그 대가로 불 마법에 적성이 없는 내가 루시의 마력에 불타 버리는 모양이다.

적성이 없으면 싱크로할 수 없다는 건 그런 뜻이었나.

선생님에게 어떻게 되는지 물어봤으면 좋았을걸…….

이제 이 방법은 안 되려나. 좋은 방법이라 생각했는데.

──나는 정신을 잃었다.

◇

꿈을 꾸었다. 나는 아무것도 없는 공간에 서 있었다. 몇 번째 지?

슬슬 익숙해진 풍경이다. 하지만 이번에는 조금 달랐다.

"…………."

평소에는 생글생글 웃으며 맞아 주던 여신님이 허리에 손을 얹고 노려보고 있다.

으음, 화났어요?

"있잖아."

노아 님의 목소리가 차갑다.

"내가 처음에 부탁했던 걸 기억해?"

"으음."

분명히, 그거였지.

"강해지라는 거였던가요?"

"그래."

미인 여신님이 눈을 흘기니까 조금 좋은걸.

"멍청이."

마음속으로 속삭인 걸 찔렸다.

"그다음에 뭐라고 말했는지 기억해?"

"아, 네네, 기억해요."

굿럭이었던가? 아, 그 앞에 기대한다고 했던가?

"기억 못 하잖아!"

울컥하며 여신님이 손을 버둥거렸다.

"나는 말이야! 마코토는 단 한 사람의 신자니까 죽으면 용서하지 않겠다고 말했어!"

"아."

그랬죠. 그러셨죠. 어?

"설마……."

핏기가 싸악 가셨다.

"저…… 죽었어요?"

"하아, 정말 너무 무모해."

노아 님이 손가락을 딱 울리자 공중에 모니터가 나타났다.

"자, 보렴."

그 마법 멋있다. 모니터에는 모두의 모습이 비치고 있었다.

"지금, 동료인 승려 아이가 열심히 회복해 주고 있어."

"마코토! 저기! 마코토는 괜찮은 거야?!"

"루시! 진정해. 정신은 잃었지만 아직 숨은 붙어 있어. 우선 응급처치를 하고 마을에 돌아가면 곧바로 병원에 갈 거야."

"마코토, 죽지 마! 이제 곧 마을이야!"

장이 나를 업고 에밀리가 회복 마법을 걸고 있다. 루시는 상당히 평정심을 잃은 것 같다. 모두 미안해, 걱정 끼쳐서.

"그리폰을 해치운 건 마코토의 마법 덕분이니, 모두 생명의 은인을 위해서 필사적이 되겠지."

그런가, 아무튼 모두 무사해서 다행이다.

"노아 님, 죄송해요. 오늘은 너무 무리했어요. 까딱하면 죽을 뻔했어요."

"정말 바보 같은 애구나. 오늘 다친 건 원래라면 죽었어!"

"예?"

그게 무슨 뜻이지?

"이걸 보렴."

노아 님이 [소울 북] 한 장을 보여주었다.

"어, 그거 제 거잖아요. 멋대로 가져가지 말아 주세요."

"그 정도는 상관없잖아. 나와 마코토 사이니까. 그보다 여길 봐."

어깨를 붙잡고 끌어당겼다. 잠깐, 너무 가까워요.

"자, 자, 어서."

여신님이 더욱 달라붙는다.

[명경지수] 스킬을 발동하면서 [소울 북]을 들여다보았다.

──[여신 노아의 가호].

익숙하지 않은 글자가 추가되어 있었다.

"이, 이건."

"후후, 해냈구나! 마코토. 오늘 기도 덕분에 가호를 받을 수 있었어! 그 덕분에 그리폰의 공격과 불 마법에도 버틸 수 있었던 것 같구나."

여신의 가호가 있으면 그 신자는 강한 힘을 얻거나 몸이 튼튼해지기도 한다고 한다.

아무래도 오늘은 그 덕분에 산 것 같다.

"그렇구나……."

길었다. 이세계에 온 지 1년하고도 몇 달.

마침내 반 아이들을 조금은 따라잡았을까.

"기뻐 보이네. 하지만 본론은 이것뿐만이 아니야."

"또 뭐가 있나요?"

"여기를 보렴!"

노아 님이 가리킨 곳에는 익숙하지 않은 글자가 나열되어 있었다.

"정령사?"

분명 엘프족이나 드워프족이 갖고 있는 스킬이었지. 루시도 가지고 있었을 테고.

"그래! 우리 티탄 신족은 정령과 사이가 좋거든! 이건 여신의 [기프트] 스킬이야."

"정령사…… 정령인가."

물의 신전에서는 다루는 사람이 없었다. 아니, 현재 [인간족] 중에서는 다루는 사람이 없다고 한다. 엘프와 드워프가 소소하게 쓰는 마이너한 마법이다.

"어머, 불만이야?"

"아뇨아뇨, 그렇지 않아요!"

안 되지, 안 돼. 불만은 아니지만 강한지 아닌지는 불명이라 그런 마음이 흘러나온 모양이다.

"감사히 쓰겠습니다, 여신님."

"후후. 앞으로도 정진하렴."

머리를 다정하게 쓰다듬었다. 빛이 내 몸 주위를 부드럽게 감싼다.

"슬슬 마코토가 눈을 뜨는 것 같아."

노아 님이 미소 짓는다. 아름다운 웃는 얼굴이다.

그 얼굴을 보고 문득 생각이 났다.

"고맙습니다, 여신님. 그런데 루시를 여신님의 신자로 권유해도 될까요?"

"으음, 권유 말이지."

어라? 별로 기뻐하지 않네.

"실은 난 신계에 거스른 벌로 10년에 한 명밖에 신자를 늘릴 수 없거든."

"으엑."

그럼 아무한테도 권할 수 없잖아요.

"뭐, 나는 마코토가 있으면 되니까."

엄지손가락을 치켜세우고 윙크하는 노아 님.

잠깐, 너무 느긋한 거 아니에요?

"괜찮아. 자, 너무 무리하면 안 돼."

"네, 안녕히 계세요. 노아 님."

"다음에 또 봐."

나는 빛에 휩싸였다.

◇

"마코토, 몸은 어때?"

눈을 뜬 곳은 길드의 치료실이었다. 올려다보자 에밀리의 얼굴이 보였다.

"안녕. 내가 얼마나 정신을 잃고 있었어?"

"한나절 정도일까. 지금은 밤이야."

"그렇구나."

천천히 몸을 일으켰다. 몸이 무겁다.

에밀리에게 그리폰을 쓰러뜨린 후의 일을 들었다.

길드에 그리폰을 토벌했다고 전하자 브론즈 랭크 모험가 네 명이 위험도 상위(클래스 3) 마물을 토벌한 사실에 길드에 큰 소란이 일었다고 한다.

특히 그리폰을 강력한 불 마법으로 약화시킨 루시와 숨통을 끊은 장은 일약 영웅이 되었다.

현재 모험가 길드 입구 앞은 축제 분위기다.

지난번 오거 토벌 때도 그렇고, 모험가들은 소란 떠는 걸 좋아하는구나.

한편, 나는 현재 에밀리에게 화상 치료를 받고 있다. 온몸에 붕대를 칭칭 감은 미라 상태다.

"온몸이 가려운데……."

"그건 회복되고 있다는 증거니까 참아."

그렇게 말하면 참을 수밖에 없나.

"움직여도 돼?"

"사실은 안정을 취하는 편이 낫지만. 마코토는 길드에서 묵고 있지?"

"응, 이렇게 소란스러우면 잘 수 있을 것 같지가 않아. 잠깐 사람들한테 얼굴을 비출게."

"그럼 나도 같이 갈게. 장을 마중하러 가야 하니까."

"마코토!"

모험가 길드 입구로 가자 루시가 달려왔다.

얼굴이 붉다. 사람들이 꽤나 술을 먹였군.

"저기! 몸은 괜찮아? 누워있지 않아도 돼?"

"시끄러워서 못 자겠어."

현관홀에선 잔치가 벌어지고 있다.

장은 모험가에게 에워싸여 와자지껄하고 있다.

그중에는 장에게 달라붙어 있는 여자 모험가들도 드문드문 있었다. 인기 있네.

"장, 저게!"

에밀리가 그 무리에 뛰어들었다. 장에게 달라붙던 여자 모험가를 떼어내고 있다. 남 일이지만 힘들겠군.

"저기, 마코토?"

루시가 촉촉한 눈동자로 내 손을 붙잡았다.

"몸은 괜찮아? 계속 정신을 잃고 있었지?"

"응, 조금 전에 정신을 차렸어. 그보다 오늘은 주인공이잖아. 저쪽에서 놀다 와."

"괜찮아! 사실은 마코토 옆에 있고 싶었는데 에밀리가 도움이 안 된다고 그러고, 루카스 씨는 주인공이 없으면 흥이 안 난다면서 모두가 질릴 만큼 술을 먹였다니까!"

펄펄 화내고 있지만 나름대로 즐거워 보인다.

지금까지는 이렇게 주위 사람들에게 주목받은 적이 없었을 테니까.

"이, 있잖아. 마코토……."

루시가 머뭇머뭇 묻는다.

"오늘 일, 화났지?"

"오늘 일이라니?"

"내 마법 때문에 마코토가 크게 다쳤잖아……."

"아아, 그건 내가 나빴어. 적성이 없는 속성 마법을 [싱크로]하면 안 된다고 신전에서 배웠는데 말이야."

"아니야, 확실히 적성이 없는 마법을 싱크로하면 잘 안 되겠지만, 이번처럼 불 마법을 써서 전신화상을 입는 일은 사실은 없어야 하는데……."

루시의 얼굴이 어둡게 가라앉았다. 뭐지?

단순히 다치게 한 일만 말하는 게 아닌 듯한 기분이 든다.

"루시?"

루시는 얼굴을 들고 불쑥 중얼거렸다.

"아마, 내 안의 마족의 피 탓일 거야……."

"마족?"

루시가 어두운 얼굴로 이야기하기 시작했다.

"응, 맞아……."

"루시는 엘프잖아?"

"우리 엄마는 엘프야. 하지만 아빠는 아니야. 엄마가 어딘가에서 마족과 결혼해서 생긴 아이가 나야."

엘프와 마족의 하이브리드인가. 그러면 강할 수밖에 없겠군.

"엄마 말로는, 우리 아빠는 온몸이 불꽃에 휩싸인 마족이었대. 그 피를 이은 나는 마력에 불 속성을 강력하게 띠고 있대.”

“온몸에 불꽃이라니, 그럼 어떻게 애를 만든 거지?”

“문제는 그 부분이 아니거든!”

혼났다. 평범한 의문이라고 생각하는데 말이야.

“나는 불꽃의 마족이 지닌 마력 덕분에 강력한 마법을 쓸 수 있고 화염 내성도 강하지만, 약한 불꽃 마법은 못 써. 컨트롤도 잘 못해서 금세 폭주해 버려. 그리고 체온이 이상하게 높아서 더위를 많이 타는 체질인 것도 그 탓이야.”

“아, 그래서 항상 얇게 입는 건가.”

루시가 항상 얇게 입는 수수께끼가 풀렸다.

“그래서 이번 마법 싱크로로 마코토가 전신화상을 입은 건 상대가 나라서 그랬다고 생각해. 다른 사람이라면 이런 일은 없을 거야…….”

루시의 표정이 어둡다. 상당히 침울해진 것 같다.

“그런 사정이 있었다면 어쩔 수 없지. 다음에는 다른 방법을 쓰자.”

루시가 눈을 휘둥그레 뜨고 얼굴을 들었다.

“마코토, 나랑 계속 파티를 해 주는 거야?”

“왜 계속 안 할 거라고 생각하는데?”

“하지만! 이번에도 도움이 안 됐고. 마물을 끌어들이고. 결국엔 마코토를 다치게 했고!”

눈물 맺힌 눈으로 호소한다.

“도움은 됐잖아.”

나는 전신화상을 입었지만.

"마코토는 중상이었다고!"

"그렇게 신경 안 써도 돼. 누구든 실수는 하는 거야."

"하지만! 요즘에 수행할 때도 하나도 좋아지지 않고. 나는 어떡하면……."

으음, 기분이 가라앉아 있군. 어떻게 위로하지.

"저기, 사실은 날 귀찮다고 생각하지 않아? 루카스 씨랑 마리가 말해서 억지로 파티를 계속하는 거…… 아니야?"

엄청나게 부정적이 되었다. 딱히 귀찮다고 생각하지는 않는데.

루시의 강한 마법을 어떻게 쓸까 하는 건 수수께끼 풀이 같아서 즐겁다.

하지만, 게임 수수께끼 풀이 같아서 재미있다고 말하면 화낼 것 같은 기분이 든다.

으음, 난처한데.

"루시."

붙잡힌 손을 내 쪽에서도 맞잡았다.

"나한테는 루시가 필요해. 앞으로도 둘이서 힘내자."

루시의 눈에 시선을 맞추고 진지한 표정으로 속삭였다.

그 모습을 [RPG 플레이어] 스킬로 옆에서 보고 있는 나.

우와, 이거 제법 부끄러운 소릴 하네.

"에, 에엑! 그, 그렇구나. 알았어, 힘낼게!"

루시는 얼굴이 새빨개져서 허둥지둥했다.

잠깐, 너무 거창하게 말했나. 괜찮겠지?

(아아~.)

여신님의 한숨이 들린 것 같았다. 어라, 안 좋았어요?

그로부터 한동안 나는 화상 치료에 전념했다.

이렇게 말해도 길드 휴게실에서 빈둥대고 있을 뿐이다.

──한가하다.

루시는 불 마법 숙련도를 올리는 데 힘쓰고 있다.

틈틈이 새로 얻은 스킬 [정령사]에 관해 루시에게 배웠다.

"정령은 눈에 보이지 않아."

"안 보이면 어떻게 마법을 써?"

"보통 마법이랑 똑같아. 주문이지. 하지만 정령어로 발성을 할 필요가 있어."

또 다른 언어인가. 배우는 거 귀찮네.

"쉬운 것부터 익혀나갈 수밖에 없나. 나중에 헌책방에 가볼게."

내 말에 루시가 고개를 옆으로 저었다.

"정령 마법 교본은 맥캘란에는 안 팔아."

"어? 왜?"

"인간 정령사는 아무도 없는걸."

아아, 그랬지. 신전에서 배웠다. 인간 사용자는 없다고 했지?

"엑, 그럼 어떻게 배우면 되지."

"으음, 곤란하네."

"하아, 빨리 모험하러 가고 싶어."

"안 돼. 일주일은 더 안정을 취해야지!"

지나가던 에밀리가 주의를 주었다.

"여어, 장."

"오, 마코토."

장에게 한 손을 들어 인사했다. 듣기로, 혼자서 폭주 바이슨을 사냥할 수 있도록 수행 중이라고 한다. 즐거워 보이네.

"계속 길드에 있는데 모험하러 못 가다니 고문이네."

일곱 개의 워터 볼을 둥둥 띄워 공기놀이하듯 가지고 논다.

요즘에는 계속 이런 수행을 하고 있다.

"그런 소릴 하는 것치곤 수준 높은 짓을 하잖아. ——있지, 마코토."

루시가 진지한 얼굴을 하고 있다.

"왜?"

"저기, 마코토는 계속 길드 휴게실에서 묵고 있지?"

"그래, 숙박비가 아깝달까, 돈이 없으니까."

고블린 사냥으로 얻은 자금은 미미하다. 게다가 지금은 돈을 벌러 갈 수 없어서 팍팍 줄어들고 있다. 앞으로 일주일 정도는 괜찮겠지만…….

하아…… 이세계 생활은 녹록하지 않다.

"우리 집은 엘프 마을 촌장이야. 그래서 보내주는 돈이 그럭저럭 돼서 여관에 장기체재 계약을 했어."

"아아, 그렇구나."

있는 집 아가씨는 부럽구나.

"그, 그래서 말인데……. 저, 저기…… 으음."

우물쭈물하는 루시.

"루시 양?"

"마코토는 제대로 된 방에서 요양하는 게 낫지 않아? 호, 혹시 괜찮으면 마코토, 내 방에서 같이……."

루시가 무슨 말을 하려는데 누군가가 끼어들었다.

"마코토! 다친 건 나았니?"

뒤에서 끌어안은 사람은 마리 씨였다.

웬일로 취하지 않았다. 아직 낮이니까.

"마리 씨, 다친 사람한테 너무 거칠잖아요."

"잠깐! 마리! 난 중요한 얘기 중이거든!"

루시가 화난 목소리로 말했다.

"흐응, 나를 그렇게 매정하게 대해도 되려나?"

마리 씨가 히죽히죽 웃으며 웬 책을 건넸다.

"어, 앗!『처음 배우는 정령어』? 이거, 어떻게 된 거예요?"

맥캘란에는 없는 거 아니었나?

"마코토가 새로운 스킬을 배웠다고 들어서 말이야. 스프링로 그의 길드에서 주문했지."

그리고 "힘들었다니까."라고 말하는 마리 씨.

"스프링로그의 모험가 길드……. 확실히, 엘프와 드워프가 많아서 있을 것 같긴 한데……." 루시가 팔짱을 끼고 말했다.

"마리 씨, 고맙습니다!"

"우후후. 됐어. 뭘 이런 걸 가지고. 마코토, 힘내렴."

머리를 쓰다듬었다. 옆에서 루시가 볼을 부풀리고 있다. 그러고 보니 이야기 중이었지.

"루시, 아까 뭐라고 했지?"

"……."

루시는 이쪽을 쳐다보지 않는다.

"루시 양?"

"별로, 아무것도 아니야."

어라? 왜 그러지.

"마리 씨, 이 책값은 얼마예요?"

"대금은 됐어. 하지만 길드 물건이라서 반납해야 해. 빌려주는 것뿐이야."

"알겠어요. 고맙습니다."

다행이다. 가진 돈이 적었는데 살았다. "그럼 난 이만 가 볼게." 하고 마리 씨가 손을 팔랑팔랑 흔들며 일하러 돌아갔다.

"야아, 살았다. 이제 정령 마법 수행을 할 수 있겠어."

"……."

이제는, 왜인지 루시가 저기압인 걸 어떻게 할까.

"저기요, 루시 양?"

"있잖아, 마코토?"

"네, 네에."

"바보야!"

달려가 버렸다.

그날, 저녁 식사 때 루시를 달래는 건 힘들었다.

◇루시의 시점◇

우우…… 마리가 방해하는 바람에 마코토를 내 숙소에 오라고 못 했어…….

하지만 그걸로 된 걸지도. 모험가 파티는 같은 거점에서 지내는 일이 많다고 들어서 권해 본 거지만.

마코토는 남자니까. 같은 숙소에 묵는다면 분명 그렇고 그런 관계가 되겠지?

'아, 아직 우리한테 그런 건 너무 일러!'

엘프족은 혼전관계를 싫어한다. 연애에는 소극적인 종족이다.

전에 같은 파티였던 에밀리와 장은 같이 살지만.

그 아이들은 원래 같은 고아원에서 자란 사이니까 특별하다.

'애초에 나는 마코토를 어떻게 생각하는 걸까?'

호의는 있다. 지금까지 내 [불 마법(왕급)] 스킬이나 내 외모 때문에 파티에 불렀던 무리와는 다르게, 내가 마법을 잘 다루지 못해도 무시하지 않는다.

마코토는 내 마법 수행도 도와준다.

정확하게는, 마코토는 시간만 있으면 수행하니까 내가 그때 같이 수행하는 거지만. 수행 중 마코토의 표정은 진지함 그 자체다.

아니, 조금 즐거워 보인다. 그걸 몇 시간이나 계속한다.

"있잖아, 마코토. 잘도 그렇게 집중할 수 있네." 하고 내가 물어보자,

"RPG 노가다라면 3철야도 할 수 있어." 라고 대답했다.

"3철야가 뭐야?" 하고 물었더니, 3일간 밤샘하는 거라고 했다.

머리가 어떻게 된 거 아닐까⋯⋯.

너무 착실한 남자. 딱히 붙임성이 좋은 것도, 엄청나게 강한 것도 아니다.

오히려 스테이터스와 스킬은 아주 약하다. 너무 약할 정도다.

보통이라면 모험가를 포기하는 편이 좋을 레벨. 하지만 마코토는 느긋하게 모험가를 계속해, 길드에서도 은근히 한 수 접어 주고 있다.

'신기한 인간.'

지금까지 파티를 맺으려고 생각한 적조차 없다고 한다. 상상도 안 된다.

마법사는 파티에 들어가지 않으면 해나갈 수가 없는 직업이다.

심지어 마코토는 수습 마법사다.

"남자는 닥치고 솔로지."

아니, 그런 말은 들어본 적 없거든. 이세계 사람은 원래 이런 걸까⋯⋯.

"안녕."

"안녕."

길드 입구에서 기다리자 졸려 보이는 마코토가 왔다.

"어젯밤도 밤늦게까지 수행했어?"

"응, 할 일이 없으니까."

"아직 무리하면 안 되잖아?"

에밀리에게 그런 말을 들었다.

"괜찮아, 의사는 다들 무리하지 말라는 말밖에 안 하니까."

싫은 얼굴을 하는 마코토.

'그렇게 수행하고 싶은 건가.'

나도 빨리 한 사람 몫을 해야지! 마코토에게 기대기만 해선 안 돼!

나는 엘프 마을 시절부터 애용하는 지팡이를 꼭 쥐었다.

"오늘은 남쪽 숲으로 갈까, 루시."

"응, 알았어."

그날의 수행 장소는 맥캘란의 남쪽에 있는 숲.

여기는 전망이 좋고 위험한 마물이 거의 없다.

"하지만 물이 없는데 괜찮아?"

"어젯밤에 비가 내렸으니까 시야를 가리는 안개 정도는 만들 수 있어."

진창이 돼서 걷기 힘들다. 하지만 마코토는 불안정한 발판을 휙휙 걸어간다.

'수면 보행 마법을 쓰는 걸까?'

무영창에 발동이 너무 빨라서 마법을 쓰고 있는지 아닌지 모르
겠어.

잠깐 기다려! 난 그렇게 빨리 못 걸어. 한동안 마코토를 따라가
는데.

"기다려, 뭔가 있어."

마코토가 돌아보고 입가에 손가락을 세웠다.

"왜 그래, 마코토? 마물이야?"

거기 있는 것은 작은 개 머리를 한 마물이었다.

"코볼트? 낯오 마물인가?"

"헤에, 별일이군. 남쪽 숲에도 나오는구나."

"저기, 어떡할 거야?"

"도망치자."

"어? 안 싸워?"

마코토가 손을 잡아끌었다.

"코볼트잖아? 고블린과 비슷하게 센 마물이잖아?"

고블린 클리너잖아, 마코토는.

하지만 마코토는 싸울 마음이 없는 것 같았다. 우리는 후다닥
도망치기 시작했다.

"후우…… 어떻게 잘 도망쳤네."

"저기…… 나 진흙투성이인데……."

진창 속을 뛰어다니느라 나는 진흙이 튀어 몹시 더러워지고 말
았다.

"아, 미안해. 루시."

아차 싶은 얼굴로 사과했지만.

"안 도망쳐도 마코토라면 해치울 수 있잖아? 코볼트쯤은."

"으음, 하지만 처음 보는 마물이니까. 갑자기 싸우는 건 좀."

신중하네. 그리폰과 싸운 적도 있는 모험가면서.

"저기, 이 꼴로 마을에 돌아가고 싶지 않아."

진흙투성이가 된 옷과 머리카락을 문지르면서 마코토에게 호소했다.

"그럼 잠깐 어디 들렀다 가자."

"여기서 옷을 빠는 거야?"

"나는 누가 안 오는지 망을 볼게."

남쪽 숲에 있는 작은 샘. 마코토가 [맵핑] 스킬로 찾아 주었다.

"보, 보지 마!"

"예이예이, 안 엿볼 테니까 천천히 해."

지금 나는 아무것도 안 입었다.

샘 옆에 있는 바위 그늘에 숨어서 몸과 머리카락에 묻은 진흙을 씻어내고 있다. 옷도 속옷도 샘물로 빨았다. 나중에 옷을 마코토에게 말려 달라고 해야지.

물은 조금 차갑다. 차가움을 참고 어깨 정도까지 물에 담근다.

"마코토~ 거기 있어?"

"있어."

바위 반대쪽에서 들리는 마코토의 목소리는 언제나처럼 침착함 그 자체. 우우…… 난 꽤 긴장하고 있는데.

얼굴에 묻은 진흙을 물로 씻어낸다. 차가워.

'이 바위 뒤에 마코토가……. 뭐, 그 아이라면 엿보거나 하진 않을 것 같지만.'

내가 어떤 모습이든 얼굴색 하나 변하지 않는다. 지금도 어차피 물 마법 수행이라도 하고 있지 않을까.

──쿵.

수면이 조금 흔들렸다. 새들이 날아올랐다.

"마코토?"

무슨 일이냐고 물어보려는데,

"마물이야! 오거가 나왔어! 제길, 오늘은 낙오 마물이 많네!"

"엑?!"

바위 뒤에 오거의 뿔이 보인다! 그럴 수가!

"도, 도망쳐야 해."

하, 하지만 나는 옷을 입지 않았다. 그래도! 나는 지팡이를 붙잡고 뛰쳐나갔다.

"물 마법 : 아이스 커터."

──캬아아아아아! 오거가 눈을 누르며 괴로워하고 있다. 지난번 빅 오거 때와 같다.

"물 마법 : 아이스 플로어."

마코토는 침착하게 오거의 발밑을 얼려 넘어뜨렸다. 오거가 황급히 일어나려고 한다.

"물 마법 : 아이스 니들."

어? 지금 순간적으로 무슨 일이 일어난 거지? 오거의 팔 움직임이 멎는다. 혹시, 얼음 바늘로 오거의 신경을 찔러서 멈춘 거야? 엄청난 정확도야!

"에잇, 물 마법 : 냉각."

마코토가 단검을 오거의 가슴에 박자, 오거가 크게 경련하더니 움직이지 않게 되었다.

"하아, 깜짝 놀랐지, 루시…… 어, 에에에엑!"

괴, 굉장해. 해치워 버렸어. 오거는 브론즈 랭크 모험가 여러 명이서 싸우도록 권장하는데! 그걸 혼자서 깨끗이 해치우다니!

어라? 왜 그렇게 놀란 얼굴을 하고 있어? 마코토.

"루, 루시, 저, 저기! 오, 옷!"

"어?"

뭔가 중요한 일을 잊어버린 듯한…….

나…… 알몸이잖아!

"꺄, 꺄아아아아아아아악!"

수치심과 함께 마력이 단숨에 치솟아…… 폭발했다.

엄청나게 큰 불기둥이 일어났다.

"저기…… 또 전신화상을 입을 뻔했는데?"

"미, 미안해! 그런데 마코토…… 봤어?"

"…………아니, 아무것도 못 봤어."

거짓말! 절대로 봤잖아!

"우우…….""

하지만 강하게 말할 수가 없다.

우, 우. 내 알몸을 봤으면서 왜 그렇게 침착한 거야!

"그런데! 코볼트한테선 도망친 주제에 왜 오거랑은 싸워? 심지어 슥삭 해치워 버렸잖아."

"오거는 전에 한 번 싸웠잖아. 게다가 이번 오거는 작았고."

"전에는 빅 오거였어……. 조금 전 오거도 충분히 컸거든!"

절대 이상해! 반대라고! 오거에게서 도망치고, 코볼트와 싸운다면 몰라도!

"뭐, 해치울 수 있어서 다행이야. 그런데 남쪽 숲에는 약한 마물밖에 없는 거 아니었어? 역시 마물이 활발해진 건가."

오거를 해치운 일은 그다지 신경 쓰지 않는 것 같다.

보통은 좀 더 기뻐하거나 자랑하는 법일 텐데…….

"저기, 오거와 싸운 건 에밀리에겐 비밀이다. 안정을 취하라고 했으니까."

"아, 응."

아무래도 오거를 혼자서 해치운 것을 비밀로 해 둘 모양이다.

"마코토는…… 역시 이상한 애야."

"어째서?"

의아하다는 듯한 눈으로 봐도 말이지. 넌 진짜 이상해!

7장 타카츠키 마코토, 정령어를 배우다

정령은—— 눈에 보이지 않는다.

정령의 목소리는—— 들리지 않는다.

정령은—— 변덕스럽다.

정령은—— 어디에나 있다. 지금도 당신의 주위에 날아다니고 있다.

그들에게 말을 거는 방법은 단 하나.

먼 옛날, 티탄 신족이 정령과 대화했던 시대.

신화 속 시대의 언어. 그 일부를 정리한 것이 본서이다.

——『하루 1분. 오늘부터 할 수 있는 정령어 처음 배우기.』

"타이틀은 좀 더 다른 게 없었을까."

마리 씨에게 빌린 교본을 팔락팔락 넘기면서 수면에 드러누웠다.

여기는 모험가 길드 뒤쪽에 흐르는 수로. 길드에는 수행장도 있지만 이 책에 따르면 물의 정령은 물가에 많이 있다고 한다.

"우선, 뭔가 시험해 볼까."

정령어는 발음이 복잡하고 발성이 어렵다.

올바른 발음이 아니면 정령에게 닿지 않는다고 한다. 하지만 발동하면 효과는 절대적이라, 기후를 바꾸거나 홍수를 일으킬 수 있는 대량의 물을 생성할 수도 있다던가.

천 년 전에는 인간 정령사도 많이 있었다는데, 지금은 쇠퇴하고 말았다.

왜일까.

"아, 마코토! 뭐 해!"

에밀리에게 들켰다. 그러고 보니 이번 주는 아직 안정을 취하라고 했었지.

전혀 안정을 취하고 있지 않지만.

"독서야."

"수면 보행 마법을 쓰고 있잖아!"

내가 수면 위에서 누워 있는 부분을 지적당했다.

"이 정도는 괜찮잖아? 장은 같이 안 있어?"

장의 이름으로 화제를 돌린다.

"오늘은 모험은 쉬어. 매일같이 고블린을 사냥하는 사람은 너 정도거든? 그건 됐고 마코토도 올라와!"

얼버무리지 못했나. 별수 없지. 수로에서 땅으로 올라왔다.

"어휴, 루시한테 감시하라고 했는데."

"루시는 수행 중이야."

최근에는 더욱 열심히 한다. 빨리 함께 모험하러 가고 싶네.

"그렇구나. 그런데 무슨 책 읽어?"

에밀리가 들여다본다.

"정령어 책이야."

"헤에, 정령 마법을 쓸 수 있을 것 같아? 아, 하지만 아직 안 돼. 건강해지고 나서야."

"최근에 공부하기 시작한 거라서, 그렇게 금방 쓰진 못해."

"흐음, 하지만 정령 마법은 유명하지 않잖아. 쓰는 사람은 처음 봤어."

그렇지. 모험가 길드에도 사용자가 없어서 대단한 건지 아닌지 잘 모르겠다. 애초에…….

"발음이 엄청 복잡하거든. 아마 쇠퇴한 건 그 탓 아닐까."

"그래?"

"그래. 예를 들어 '물이여 넘쳐흘러라' 같은 짧은 문장이라도 정령어로는── × × × × × × × × × × × × (물이여 넘쳐흘러라)."

별생각 없이 책에 쓰여 있던 주문을 말했다.

"잘 못 알아듣겠는데."

"그치? 진짜, 이걸 외우는 건 힘들……."

말할 수 있었던 건 여기까지였다. 머리 위에 대량의 물이 촤악 쏟아진다.

남은 것은 홀딱 젖은 나와 에밀리였다.

"잠깐…… 마코토?"

에밀리가 나를 빤히 노려본다. 밝은 갈색 머리가 다크브라운 색으로 푹 젖어 있다.

헐렁헐렁한 승려복이 지금은 찰싹 달라붙어 몸매를 드러내고 있다.

몸매가 참 좋네요, 에밀리 양. 아, 내가 무슨 소릴 하는 거람.

"미안합니다……."

우선 사과했다. 설마 이렇게 쉽게 발동할 줄은.

"아, 진짜! 뭐 하는 거야. 모처럼 장이 사 준 새 옷인데. 홀딱 젖었잖아."

"아니, 진짜, 미안해. 잠깐 기다려. 금방 말려 줄게."

"그렇게 금방 마를 리가……."

에밀리의 옷에 가볍게 손을 대고.

'물 마법 : 탈수.'

에밀리의 옷에서 물을 뺀다. 과하면 옷이 상한다. 상당히 섬세하게 신경을 써야 하는 마법이다.

"엑? 에에에엑?!"

단 몇 초 만에 에밀리의 옷이 말랐다.

"이, 이게 뭐야?"

"물 마법으로 말린 거야. 보통이야."

"절대로 보통이 아니야! 이런 마법은 처음 봤어. 우와, 굉장해. 팬티까지 완벽하게 말랐어."

그런 것까지 보고할 필요는 없는데요. 내 얼굴이 빨개진다.

"하아, 대단하구나. 네 마법."

"으음, 미안해."

에밀리는 한숨을 하아 내쉬고는 손가락으로 머리를 쓸어서 정리했다.

"뭐, 괜찮아. 그럼, 독서는 괜찮지만 아직 마법 수행은 하면 안돼. 이번 주는 안정을 취하라고."

그렇게 말하고 에밀리는 떠나갔다.

홀딱 젖은 건 용서해 준 모양이다. 다행이다.

혼자가 되자 생각했다.

조금 전 우리 머리 위에 쏟아져 내린 대량의 물.

그건 어디서 왔을까? 내 마력으로 생성할 수 있는 분량을 아득히 뛰어넘었다.

그렇다고 수로의 물을 조종한 것도 아니다.

조금 전의 물은 맥캘란의 물과는 수질이 달랐다.

"정령의 마나를 쓴 건가……?"

그렇게 쉽게? 단 한 마디로?

주위를 둘러보았다. 에밀리는 이제 없다.

──××××××××××(물이여 넘쳐흘러라).

순간 머리 위에 대량의 물이 출현했다.

'물 마법 : 물 조작.'

그 물을 조종한다. 거대한 물 구슬이 되었다.

이, 이건! ……쓸 수 있는 거 아닐까?

정령에게 물을 생성하게 하고, 그것을 조종한다. 물가가 아니어도 싸울 수 있을지도 몰라.

조, 좋아. 다음 모험에서는 이걸 써 보자!

단검을 뽑고 두 손을 모았다.

"여신님, 감사합니다."

(좋아. 잘했어. 정진하여라.)

득의양양하게 흐흥 웃는 여신님의 얼굴이 떠오른다.

잠시 기도를 올리고 있는데 루시가 찾아왔다.

"마코토, 뭐 해?"

"여신님께 감사 중이야."

"흐응……."

어쩐지 기분이 안 좋아 보인다. 어제 난 화가 아직 안 풀린 건가.

"왜 그래?"

"아까 있잖아. 에밀리가 마코토의 마법 때문에 홀딱 젖었다고 했는데, 뭘 한 거야?"

"엑?!"

에밀리 양! 용서해 준 거 아니었어?

"그럼 안 돼. 그 나이 먹고 여자애를 물에 빠뜨리고 좋아하는 건……."

루시 양의 눈은 화난 게 아니라 경멸하는 눈이었다!

"아니거든!"

오랜만에 [명경지수] 스킬을 썼는데도 초조한 순간이었다.

◇루시의 시점◇

"안녕, 마코……."

길드 뒤편. 마코토가 자주 수행하는 장소에 얼굴을 내밀었다.

그곳에는 단검을 두 손으로 들고 무릎을 꿇고 기도를 올리는 마코토가 있었다.

나는 기도가 끝나길 기다렸다.

'방해하지 말자.'

마코토는 여신님의 경건한 신자다. 고블린을 해치웠을 때, 모험이 잘 끝났을 때, 반드시 여신님께 감사를 드린다. 하지만 교회에는 전혀 가지 않는다.

"마코토는 물의 여신 에이르 님을 믿는 거지?"

옛날에 물어봤을 때 '뭐? 그럴 리가 없잖아.' 라고 떨떠름한 얼굴을 했다.

나쁜 기억이 되살아난 듯했다. 무슨 일이 있었는지는 가르쳐 주지 않았다.

"안녕, 루시."

기도를 마친 마코토가 이쪽을 돌아보았다.

항상 생각하는 거지만, 어떻게 이쪽을 안 봤는데 내가 있는 걸 알지?

"안녕, 마코토. 에밀리가 마코토가 무리하지 않게 감시하라고 했어."

뭐, 그것 말고도 같이 있고 싶었다는 이유도 있지만.

내 말을 듣고 마코토가 미묘한 얼굴을 했다.

"이제 건강해졌어. 괜찮다니까."

시간만 있으면 수행을 하는 마코토는 불만스러워 보였다.

"가끔은 느긋하게 몸을 쉬게 하는 게 어때? 그리폰 토벌 상금이 들어와서 돈은 여유 있잖아?"

"으음…… 그럼 쇼핑이라도 할까."

"나도 같이 가도 돼?"

"그야 물론 괜찮지."

어라? 이건 데이트인가? 아니, 파티 동료니까 보통이겠지?

"근데, 무기점이네…… 하아."

마코토가 처음으로 향한 곳은 도시의 무기점이었다.

"안 돼?"

"안 되는 건 아니지만……."

무기를 여러 가지 돌아봤지만 결국 아무것도 사지 않았다.

보는 것만으로도 즐겁다고 한다.

카페나 옷가게에 가고 싶다. 그렇게 말했더니 같이 가 주었다.

우리는 시내를 돌아다닌 후 북문으로 나가 시메이 호숫가를 산
책했다.

"루시는 스프링로그에서 왔지?"

어라? 마코토가 질문을 하다니 별일이네.

"응, 내 고향집은 스프링로그의 작은 엘프 마을 중 하나야."

"다음에 안내해 줘."

갑자기 무슨 일이지?

"조, 좋지만. 아무것도 없는 시골인데?"

"하지만 엘프들이 잔뜩 있겠지? 꿈이 있잖아~."

'아…….'

평소의 쿨한 표정이 사라지고 열렬한 눈동자를 하고 있다.

아주 가끔 마코토가 보이는 이상한 일면이다.

"말해 두겠지만, 엘프 여자애에게 손을 대면 안 되거든? 엘프 족은 인간족과 달리 조신해."

"꼬신다든지 그런 짓은 안 해."

뭐, 마코토가 그런 짓을 하진 않을 거라 생각하지만.

이세계에서 온 사람들은 여자관계가 나쁘다는 소문이 있거든.

그 이야기를 하자 마코토가 아차 싶은 얼굴을 했다.

"아아, 키타야마나 오카다라면 그럴 것 같아."

짚이는 사람이 있는 것 같다.

그건 그렇고, 나 같은 신출내기 마법사가 '이세계인'과 파티를 맺다니 신기한 기분이야.

1년도 더 전에, 전설의 [빛의 용사]를 비롯한 이세계인 집단이 나타났을 때의 소동은 대단했다. 대마왕 부활의 소문으로 어두웠던 공기를 단숨에 날려버렸다.

마코토는 언제나 겸손하지만, 얘도 굉장하다고 생각한다.

이 세계에 와서 1년 남짓인데 잇달아 강한 마물을 쓰러뜨리고 맥캘란의 모험가 랭크 갱신기록을 계속 갈아치우고 있다.

흘끔 옆얼굴을 엿보니 아무렇지 않은 얼굴로 워터 볼을 일곱 개 정도 둥둥 조종하고…….

"잠깐! 마법 수행은 안 된다고 에밀리가 그랬잖아."

눈을 떼면 이렇다.

"싫어! 산책은 지겨워!"

그렇게 말하고 마코토는 시메이 호수 위를 달려갔다.

잠깐, 수면 보행으로 도망치는 건 비겁해!

"돌아와!"

"조금만! 조금만 할게!"

말하는 와중에 시메이 호수의 물이 분수처럼 솟아올라 아름다운 무지개를 만들었다.

저걸 무영창으로 하고 있으니 기가 질릴 수밖에 없다.

"아하하하하하! 이야호!"

배운 지 얼마 안 됐다는 정령 마법으로 거대한 물덩어리를 대량으로 생성해 호수에 내다꽂고 있다. 그곳에 있는 것은 이미 쿨한 모험가가 아니라 새로운 장난감에 신난 어린아이였다.

"스트레스가 쌓였나……."

어쩐지 보고 있었더니 즐거워져서 호숫가에서 그 모습을 바라보고 있었다.

"너희드을, 안정을 취하라고 했지!"

시메이 호수에서 야단법석을 떠는 마법사 2인조의 소문은 금세 퍼져, 저녁때 에밀리에게 실컷 혼났다.

내 탓이 아니잖아?

◇ 타카츠키 마코토의 시점 ◇

"타키 공!"

쾅! 하는 소리와 함께 텅 빈 맥주잔이 테이블에 내리쳐졌다.

오, 오오……. 그 온화한 후지양이 화내고 있다.

옛날 게임 데이터를 실수로 지워 버렸을 때 이후로 처음인가?

그립네, 앗, 이럴 때가 아니야. 왜 이렇게 됐더라?

◇

"타카츠키 마코토 님, 계십니까?"

어느 날의 오후. 모험가 길드의 식당 구역에서 루시와 점심 식사를 하고 있을 때 후지양의 가게에서 만난 토끼 귀 점원이 찾아왔다.

"마코토라면 저쪽이에요."

마리 씨가 안내해 주었다.

"마코토는 이렇게 귀여운 토끼 귀 종족 애랑 아는 사이구나."

왜인지 마리 씨가 같이 테이블에 앉았다. 일 안 해도 돼요?

"안녕하세요, 오랜만입니다." 토끼 귀 사람에게 인사했다.

"안녕하세요, 주인님의 친구 타카츠키 님. 후지와라 상회의 니나라고 합니다."

이 아이의 이름은 니나 씨라고 한다.

"마코토한테 무슨 볼일이야?"라고 루시가 말했다.

좀 더 붙임성 있게 대해. 니나 씨의 웃는 얼굴을 본받으라고!

"어라! 당신은 타카츠키 님의 동료인 루시 공이시군요! 듣기로 굉장한 불 마법을 쓰신다고요."

"어? 그, 그래. 잘 아네."

루시는 갑자기 칭찬을 받아 기쁜 듯하다. 쉽구만.

"이거 참, 장래의 대마도사님과 친해진 증거로 이것을." 하고 왜인지 과자를 건네고 있다. 마리 씨 것도 있는 듯하다.

"와! 이게 뭐야? 맛있어!"

"달아~. 처음 먹어보는데 맛있네!"

루시와 마리 씨가 꺅꺅댄다. 저건 아마도 초콜릿이겠군.

과연 후지양, 그런 것까지 들여왔나.

"그런데, 용건은 뭔가요?"

나는 니나 씨에게 물었다.

"맞네요! 주인님께 전언을 맡아 왔습니다. 오늘 저녁때 [고양이 귀 식당]에서 식사를 하자고요."

"자주 가는 가게 말이군요."

점원이 모두 고양이 귀인 후지양의 단골 가게다.

"일정이 괜찮으신가요?"

"그러고 보니 한 달쯤 안 만나서 나도 보고 싶은걸. 괜찮아요."

"다행입니다. 주인님이 기뻐하실 거예요."

"엥? 난 오늘 어떡하면 돼?"

루시가 토라진 듯이 이쪽을 돌아본다.

가끔은 따로따로 지내도 괜찮을 것 같은데. 그런 눈으로 보면 참…….

"괜찮으시면, 동료인 루시 씨도 함께 오세요." 라고 니나 씨가 권해 주었다.

"나도 가고 싶어~." 라며 마리 씨까지 끼어들었다.

"마리 씨, 일은 괜찮아요?"

"오늘은, 밤까지 일해야 해……."

"무리잖아요."

"마코토, 차가워! 너무해~."라고 말하면서 마리 씨는 접수처로 돌아갔다.

"그럼 가게에서 기다리겠습니다."

니나 씨는 돌아갔다.

"저기 있잖아."

루시가 소매를 끌어당긴다.

"뭐야."

"후지와라 상회 회장님이랑 마코토가 친구였구나!"

"루시가 후지양을 알아?"

"물론이지! 후지와라 상회의 후지와라 씨라면 1년 만에 수많은 거래를 성공시키고 맥캘란 영주와도 인맥이 있다는 소문이야. 적대하는 상인의 약점을 잇달아 잡아내서 입 다물게 만들고, 이 도시의 암흑계도 속속들이 알고 있다던가. 이 도시에서 거슬러선 안 되는 사람 넘버원이야!"

"헤에……."

몰랐다.

후지양에게 이 도시 이야기를 물어보아도 '글쎄, 별것 없다오.' 라는 말밖에 안 하니까. 치트 스킬을 써서 순조롭게 뻗어 나가고 있는 모양이다.

"그럼 저녁까지 수행할까."

"에엑, 오늘은 이제 그만해도 되지 않아?"

"그럼 난 혼자서 수행할게."

"농담이야! 나도 열심히 할게."

저녁까지 실컷 수행했다.

""""건배.""""

저녁에 [고양이 귀 식당]에서.

오늘은 나와 후지양과 루시. 그리고 점원인 니나 씨도 있다.

루시가 여자 혼자가 되지 않도록 배려해 준 걸까?

여기는 요리가 맛있고 술 종류가 많다. 그리고 점원이 모두 고양이 귀(수인족).

나는 고양이 귀가 얼마나 좋은지 잘 모르겠지만, 고양이 귀를 빼놓더라도 점원들은 귀엽다고 생각한다.

언제나 혼잡한 가게 안쪽의 커다란 테이블로 안내받았다.

후지양은 단골이자 VIP인 듯하다.

"처, 처음 뵙겠어요. 마법사 루시입니다."

웬일로 루시가 긴장하고 있다.

"처음 뵙겠소. 소생은 후지와라라 하오. 타키 공과 마찬가지로 가볍게 후지양으로 불러 주시게."

"저는 니나입니다. 후지와라 상회에 고용되어 있고, 모험가도 하고 있습니다. 일단은 실버 랭크입니다."

니나 씨가 은 배지를 보여주었다.

"대단하네요."

"아니요, 그렇지 않아요."

모험가 랭크에서 첫 번째 벽이 실버 랭크라고 한다.

아이언 랭크 정도까지는 꾸준히 노력하면 도달할 수 있지만, 실버 랭크 이상은 위험도 상위의 마물을 몇 마리나 잡아야 한다던가.

겸손하지만 니나 씨는 상당히 강할 터이다.

"우리는 브론즈 랭크예요. 열심히 해야겠다, 루시."

"나, 나는 왕급 스킬을 가지고 있다고!"

이봐, 이상한 고집 피우지 마.

전혀 제대로 다루지 못하는 걸 정보통인 후지양은 아마 알고 있을걸?

"아니, 그런데 타키 공도 대단하구려. 이토록 아름다운 엘프 마법사를 동료로 삼다니."

"자자, 드세요. 루시 공."

"어어? 아, 고마워."

후지양이 치켜세우고 니나 씨가 술을 따랐다.

루시는 권하는 대로 족족 마신다. 어휴, 이러면 금방 죽겠군.

나는 뼈가 붙은 고기와 토마토소스를 가득 얹은 파스타, 갈릭 토스트를 볼이 미어지게 먹었다. 역시 이 가게는 맛있구나.

"마코토는 너무 금욕적이야!"

루시가 취했다. 붉은 뺨이 탐스럽다.

루시가 취하면 잠들어 버리는 패턴과 날뛰는 패턴이 있는데 오늘은 후자인가.

"매일매일 질리지도 않고 수행만 하고. 그런 주제에 마리 씨한테 구애나 받고."

"마리 씨는 상관없지 않아?"

마리 씨는 친절하게 대해 줄 뿐이라고.

"그런데 두 분의 소문은 들었어요. 브론즈 랭크로 그리폰을 토벌하다니 맥캘란 모험가 길드 사상 첫 쾌거예요!"

"그건 단지 운이 좋았을 뿐이에요. 전 화상이나 입었고."

"화상?! 이 세계의 그리폰은 불을 뿜는 것이오?"

"그래, 맞아. 무섭지?"

"마코토~ 거짓말하지 마."

대충 아무렇게나 말했더니 루시가 딴지를 걸었다.

동료의 마법으로 화상을 입었다니 꼴사납잖아.

그렇게 즐겁게 담소를 나누고 있었는데 최근에 사이가 좋아진 장과 에밀리의 이야기가 나오자 후지양의 표정이 점점 험악해졌다.

어라? 내가 뭐 이상한 소리라도 했나?

에일을 쭉 들이켜 비우는 후지양.

"……"

후지양은 말이 없었다.

"주, 주인님?"

니나 씨가 난처한 얼굴을 하고 있다.

"후지양~?"

나는 말수가 적어진 친구에게 말을 건다.

루시는 자고 있다. 잠들어 버렸군.

"타키 공!"

후지양이 쾅 하고 잔을 테이블에 내리쳤다.

"네, 넵."

"왜 소생을 파티에 불러 주지 않는 것이오?!"

"어?" 화내는 게 그런 이유였어?

"계속 기다렸단 말이오! 강해지면 파티를 맺어 주겠다고 하지 않았소!"

"그, 그랬던가…….”

"주인님은 이제 슬슬 타키 공이 와 줄 거라고, 언제나 안절부절못하고 계셨으니까요."

아차. 그거 미안한 짓을 했군.

"서운하잖소. 계속 기다렸는데."

"미안미안. 좀 더 레벨을 올리고 나서 말하려고 했어."

"타카츠키 님의 레벨이라면 쉬운 미궁은 문제없어요."

그래? 그렇구나. 이러니저러니 해도 경험치를 쌓은 거야.

"후지양, 잘 부탁해. 함께 파티를 짜자."

"오오! 그 말을 기다리고 있었소!"

후지양과 굳게 악수했다.

아, 루시에게 의논하지 않고 정했는데 괜찮을까? 뭐, 어때.

"머리 아파…….”

루시가 숙취로 머리를 끌어안고 있다. 너무 마셨군.

"어떡할래? 오늘은 쉴래?"

"괜찮아……. 갈…… 거야."

다 죽어가는 목소린데. 괜찮으려나.

"무리 안 해도 돼."

"싫어! 그러다가 후지양 씨네 파티가 더 재밌어져서 나를 버릴 거지!"

루시는 머리를 흔들면서 싫다고 하고 있다.

그런 짓은 안 한대도.

"그럼 가자."

"아우……."

좀비처럼 걷는 루시와 집합장소로 향했다.

집합장소는 남문 앞.

"타키 공, 이쪽이오."

"안녕하세요, 타키 공, 루시 공. 오늘은 잘 부탁드립니다."

후지양과 함께 니나 씨가 기다리고 있었다.

후지양은 언제나처럼 상인 차림이지만, 니나 씨는 경갑옷을 입고 있다.

다만, 신경 쓰이는 점이 한 가지.

"니나 씨는 무기를 안 드나요?"

"니나 공은 격투가라오. 손발이 무기지요."

아하. 수인은 신체 능력이 뛰어나서 맨손으로도 강하다고 그랬지.

"오늘은 잘 부탁합니다."

"합니다……."

루시, 기력이 너무 없잖아. 숙취로군.

"그럼 여러분, 출발하지요."

니나 씨의 말에 걷기 시작했다. 우리는 남쪽 숲속을 걷고 있다. 대삼림과 달리 남쪽 숲의 마물은 약하다. 거대 쥐나 뿔토끼를 적당히 없애면서 나아간다.

"니나 씨는 그레이트키스 출신이죠."

"네, 맞습니다. 거기서 주인님과 운명적인 만남을."

"도박에 져서 투기장에서 싸우고 있었지요. 노예가 되어서."

"잠깐, 주인님! 그 이야기는 하지 않기로 약속했잖아요?!"

니나 씨가 허둥지둥 손을 흔든다. 니나 씨, 도박을 좋아하나?

"니나 씨……."

루시가 안쓰러운 사람을 보는 눈빛을 보였다. 으음, 의외네. 야무질 것 같은 사람인데.

"그래서, 토끼 귀를 좋아하는 후지양이 니나 씨를 산 건가."

어쩐지 말로 하니까 야한 울림인데.

"아니, 하지만 그때는 정말로 살았답니다. 그레이트키스에선 노예 취급이 험하거든요."

"후지양 씨는 왜 니나 씨로 정한 거예요? 그 나라에는 수인 노예가 잔뜩 있잖아요?"

나는 그레이트키스에 대해 자세히 알지 못해서 몰랐다. 그렇구나. 그레이트키스는 노예가 많구나. 나는 안 사겠지만. 참고로 로제스에서는 노예를 거의 볼 수 없다. 문화의 차이일까.

"그렇답니다. 처음 보다시피 하는 저를 한눈에 마음에 들어 해 주셔서요. 제 어디가 좋았는지는 안 가르쳐 주세요. 저는 주인님이 사 주셔서 노예와 빚에서 해방됐을 때 이분을 평생 따라가 겠다고 생각했어요."

니나 씨는 신기한 듯이 이야기했다.

"하하하…… 뭐, 우연이지요."

후지양은 애매하게 말을 흐리고 있지만 사실은 분명 후지양이 니나 씨의 마음을 읽은 거겠지.

정말 편리하군, [미연시 플레이어]의 [독심] 스킬.

"그런데 후지양. 우리는 어디로 가는 거야?"

후지양의 눈이 번쩍 빛났다.

"놀랄 거요! 실은 이 근처에 미발견 던전이 있어서 말이오!"

"엑! 맥캘란 근처에 아직 미발견 던전이 있었어요?"

놀란 목소리를 낸 사람은 루시였다.

"드문 일이야?"

"맥캘란은 물의 신전 근처에 있기도 하고 술이 맛있는 도시라 서 신인부터 베테랑까지 모험가가 많은 걸로 유명해. 근처 던전 은 잔뜩 공략당했다는데."

"헤에. 그렇구나. 후지양은 잘 발견했네."

"예에, 그것이, 남쪽 숲을 조사하면 좋은 일이 생길 거라는 꿈 을 꿔서 말이지요."

"꿈? 그걸 믿고 조사한 거야?"

후지양치고는 꽤나 즉흥적인 이야기군.

"상인이 되고 나서는 직감이나 마음에 걸리는 일은 반드시 조 사하기로 해서 말이오. 뭐, 빗나가는 경우도 많지만 이번에는 당첨이었지요."

후지양이 자신만만한 얼굴로 말했다.

"하지만 아무도 들어간 적이 없는 던전이라면 난이도를 모르니까 위험하지 않아요?"

루시는 불안해 보인다. 사실은 나도다.

"그건 괜찮습니다. 제가 사전에 조사해 뒀으니까요."

"니나 씨가요?"

"네에, 주인님의 명령으로 던전 탐색을 해 두었습니다. 그렇게 강한 마물은 없었으니까 브론즈 랭크인 두 분도 괜찮을 거라 생각해요."

"빈틈없구나."

역시 후지양과 같이 있으면 난이도가 쉬워지는구나.

후지양과 눈이 마주쳤다.

"뭐, 가끔은 난이도가 낮아도 괜찮겠지요. 고생한 모양이고."

어이쿠, 마음을 읽혔군.

"그러네. 최근에는 갑자기 오거를 상대하기도 하고, 그리폰에게 갑자기 습격당하기도 하고 힘들었으니까."

이번에는 좀 편하게 갈까. 잠시 동안 숲속을 나아가자 바위와 나무에 가려진 곳에 작은 동굴 입구가 보였다. 확실히 이건 알아차리기 힘들겠다.

"도착했네요."

"이게 던전?"

언뜻 보기에는 그냥 동굴 같다.

"안에 들어가면 알 거요. 갑시다!"

후지양은 기운이 넘친다. 동굴 안에는 왜인지 램프가 밝혀져 있었다.

"이런 램프는 뭣 때문에 있는 걸까?"

의문을 입에 올리자 루시가 후훗 하고 웃었다.

"어머, 마코토도 참. 모험가의 기본이잖아. 던전이 모험가를 안으로 이끌기 위해서 일부러 들어가기 쉽게 해 놓는 거야."

"헤에, 그렇구나."

과연 이세계군.

"그것은 자연적으로 발생한 살아있는 던전의 경우요. 여기 던전은 인공 던전인 듯하오."

"엑."

이것 봐요, 루시 양. 자신만만했지만 틀린 모양인데요?

"아마도 옛날의 마법사가 연구용으로 만든 시설 같은 것이겠지요. 소유자는 부재인 듯하지만, 시설은 살아있어서 그곳에 마물이 살게 된 모양이에요."

니나 씨가 설명해 주었다.

한동안 동굴을 나아가자 온통 크리스털로 된 통로가 출현했다.

나는 이 세계에 와서 처음으로 던전에 들어왔다. 이러니저러니 해도 이세계에 온 지 1년 반 정도. 딱히 피했던 건 아니지만 이런저런 이유로 도전하지 않았다.

맥캘란 근처에는 던전이 많다.

약한 마물밖에 없는 [코볼트 소굴].

깊은 숲이 그대로 던전이 된 [헤매는 숲].

헤매는 숲과 이웃하고 있지만 격이 다르게 강한 마물이 많은 [마의 숲].

던전 전체가 얼음으로 덮여 있고 물 계열 마물이 많은 [빙호(氷虎)의 동굴] 등등.

모두 스톤 랭크부터 아이언 랭크 모험가가 도전하는 던전이라고 한다.

현재 브론즈 랭크인 우리라면 던전의 너무 심층부까지 가지만 않으면 문제없겠지만…….

'자주 듣는단 말이지. 처음 간 던전에서 그대로 돌아오지 않은 초보 모험가 이야기를.'

"마코토가 너무 걱정이 많은 거 아니야?"

"마코토, 너라면 괜찮아."

루시와 마리 씨는 너무 신중한 나를 조금 황당해했다.

별로 상관없잖아. 나는 소심하다고.

나는 약간 정색했었지만……. 좀 더 빨리 오는 게 좋았을지도 모르겠는걸.

"이거, 대단한 풍경이네……."

"우와, 예쁘다~."

내 말을 루시가 받는다.

작은 입구부터 한동안 동굴을 나아가자 바닥도 벽도 천장도 크리스털로 도배한 던전이 나타났다. 어두운 동굴을 상상했는데, 예상을 배신했다.

던전 전체에서 희미한 빛이 흘러나와 환상적인 공간을 연출하고 있다.

"호오, 이거 멋지군요."

"후지양한테도 이건 드물어?"

"예에, 보통 던전은 좀 더 음침한 분위기라오."

처음 온 던전인데 아무래도 레어한 곳에 당첨된 것 같다.

"여기는 강한 마법사가 만들었겠지요. 나오는 적이 마법 생물뿐이에요."

"어? 마법 생물이요?"

진짜냐. 그건 난감한데.

마법 생물이란 그 이름대로 마법으로 만들어진 생물이다.

유명한 것은 골렘 같은 것. 그리고 마법 생물은 마법에 대한 내구력이 높은 경우가 많다.

"내 초급 마법이 통할까⋯⋯."

약한 마법으로는 상처 하나 못 낼 것 같다.

"마코토, 괜찮아. 내 마법으로 날려버릴게!"

"던전 안에서 루시의 마법을 쓰는 것도 무서운데."

컨트롤을 삐끗해서 모두를 숯덩이로 만들 것 같다.

"잠깐, 그렇게 말하는 건 너무하잖아!"

"자자, 진정하시게."

후지양이 중재했다.

"아, 적이 나왔어요!"

니나 씨가 가리킨 쪽에서 나무로 된 인간형 마물이 우글우글 튀어나왔다.

"우드 골렘?"

"그렇구려. 지난번에 조사한 바로 이 던전은 저놈들의 소굴인 듯하오."

"나무라면 불에 타지! 내가 나설 차례네."

"잠깐, 바보야, 관둬."

팔을 걷어붙이고 주문을 영창하기 시작하는 루시의 입을 막았다.

동굴 안에서 불 마법은 곤란하다니까!

"흐앗! 뭐 하는 거야, 마코토."

"니나 씨가 해치워 주려나 봐."

"후후후, 두 분은 느긋하게 쉬고 계셔도 된다오."

"간다."

대화하는 사이에 니나 씨가 도약해서 마물 집단 속으로 뛰어들었다.

지금, 도움닫기 없이 10미터 정도 뛰지 않았나?

"니나 씨, 엄청나다……."

루시가 입을 쩍 벌리고 있다. 나도다.

니나 씨가 돌려차기를 날렸다. 쾅! 자동차끼리 격돌한 것 같은 소리와 함께 골렘들이 날아간다.

날아간 골렘은 벽에 부딪쳐 산산이 부서졌다.

적도 가만히 당하고만 있지는 않았다. 사방에서 니나 씨를 제

압하려고 에워싼다.

"도우러 가는 게 낫지 않아?"

"아니, 괜찮소."

후지양에게 물었지만 친구는 여유로운 표정이었다.

"하압!"

니나 씨가 기합과 함께 지면을 강하게 밟자 쿵! 하는 소리와 함께 주위에 충격파 같은 것이 원형으로 퍼져나갔다.

그 충격파에 주위의 골렘이 전부 날아갔다.

"저건 땅 마법?"

니나 씨는 체술에 마법을 조합해 쓰고 있는 것처럼 보인다.

마법 투기(鬪技)인가. 고등 기술이군.

"엑! 저거 마법이야?"

루시가 놀란 목소리를 냈다. 어라, 루시 양은 모르셨나.

"니나 씨도 무영창 마법을 쓸 수 있구나……."

충격받는 상황에 미안하지만, 조금 다르다. 일단 정정해 줄까.

"니나 공의 기술은 무영창 마법이 아니라오." 라고 후지양이 먼저 가르쳐 주었다.

"어? 그런가요?"

"저건 특정 동작을 하면 자동으로 마법이 발동하는 마법 투기야. '땅을 강하게 밟으면 충격파가 나간다' 처럼."

"그 말대로라오. 잘 알고 있구려."

후지양이 감탄한 듯이 말했다. 나도 일단은 마법사니까. 옛날 물의 신전 시절에 여러 가지로 조사했다고. 뭐, 나는 쓰지 못했지만…….

"그, 그럼! 나도 따라할 수 있어?"

3분이나 걸리는 영창을 단축할 수 있다고 생각한 걸까?

"루시. 저걸 제대로 쓰려면, 투기(鬪氣)를 둘러야 하는데?"

"어……?"

마법사가 [마나]라고 부르는 힘.

그것을 검사와 투사는 [오러]라고 부른다. 원래는 같은 힘이다.

검사와 전사는 오러를 자신의 몸이나 무기에 두른다고 한다.

중급 이상의 전사는 모두 쓴다고 하니 장도 쓰고 있었을 터.

물론 제대로 다루려면 수행이 필요해서 아무나 할 수 있는 건아니다.

그런 설명을 루시에게 했다.

"장의 윈드 블레이드도 같은 타입의 마법 검기(劍技)니까."

"어? 그건 마법 무기가 아니었어?"

"그건 마법 검기야."

"니나 공은 마법 투사인 스승님 밑에서 몇만 번이나 같은 기술을 수행했다고 말했었지요."

"그렇겠지. 물리 공격과 마법 공격을 동시에 할 수 있는 기술의 습득 난이도는 일반적인 마법과 비교가 안 된다고 하니까."

"그, 그렇구나."

편하게 갈 수는 없답니다? 루시 양.

나는 마법검사가 되고 싶었으니까.

그래서 물의 신전에서 여러 가지로 조사했다. 하지만 내 마력량으로 오러를 사용하면 5분 만에 연료가 고갈된다는 사실만 알게 되었다.

오러를 두르면 검을 휘두를 수 있을 정도로 신체가 강화되는 듯했다.

하지만 5분 가지고는 아무것도 못하니까. 울며 겨자 먹기로 그 방법은 포기했다.

"끝났습니다."

몇 분 뒤. 니나 씨의 무쌍에 의해 우드 골렘은 모두 격파됐다.

"압도적이네요."

이것이 실버 랭크의 실력인가.

"니나 씨, 굉장해."

루시가 짝짝 박수를 친다.

"고생하셨소, 니나 공."

"이 정도는 별것 아니에요."

니나 씨는 숨 하나 흐트러지지 않았다.

"이놈들은 던전에 의해 생성된 것 같아요. 좀 지나면 다시 생길 테니 얼른 안으로 가지요."

"어째, 우린 필요 없지 않아?"

"자자, 그리 말씀하지 마시고. 혹시 다른 적이 있을지도 모르니까요."

"글쎄. 어떨지."

던전은 심플한 구조로, 구불구불하지만 기본적으로는 외길이었다.

곳곳에 구멍이 있고 거기서 마물이 나온다. 마물은 무한정 솟아나는 건가.

니나 씨가 간단히 처리해 버렸지만 숫자는 상당히 많았다.

우드 골렘 이외에도 개 골렘, 갑옷 골렘, 도마뱀 골렘이라니, 골렘밖에 없잖아!

이 던전을 만든 녀석의 취향이야?

"호잇!"

퍽! 콱! 파박! 대부분의 적을 니나 씨가 물리친다.

으음, 옆에서 봐도 호쾌한 후려치기로군.

간혹 니나 씨가 미처 못 해치운 놈이 이쪽으로 온다.

나도 최근에 입수한 정령 마법으로 물을 생성해 물 마법으로 공격해 보기도 했지만 적에 대한 대미지 효율이 나쁘다.

내가 아이스 애로우를 열 발 맞히는 것보다 니나 씨가 발차기를 한 방 넣는 게 빠르다.

"이거야, 나랑 마코토 둘이서는 무리였겠네."

루시가 골렘을 차 날린다.

다행히 골렘은 다들 움직임이 둔해서 일대일이라면 대처할 수 있다.

"그치. 내 마법으론 해치울 수 없고 루시는 마법을 연속으로 못 날리니까, 숫자에 밀려서 졌을지도."

나중을 위해 참고해 두자. 역시 던전은 보통 방법으로는 안 되겠군.

"그런데 정말 숫자가 많네~."

마법을 한 발도 쏘지 않은 루시는 한가해 보인다.

"이만한 숫자의 골렘을 생성해서 조종하려면 상당한 마력이 필요하겠구려. 이 던전의 동력이 되는 시설에 귀중한 물건이 있을 가능성이 있겠소."

후지양은 상인의 시점으로 보는군. 즐거워 보인다.

"니나 씨는 어디까지 조사했어요?"

나는 니나 씨에게 말을 걸어 보았다.

때마침 마물 무리를 다 해치운 참이었다.

"으음, 이 앞에 커다란 계단이 있어서, 그 앞까지요."

그 말대로 통로 끝에 커다란 계단이 있었다.

계단은 상당히 길게 이어져 있었지만 도중에 적이 나오지는 않았다.

계단을 내려가자 조금 트인 공간이 나오고 거대한 금속 문이 나타났다.

딱 봐도 뭔가 있을 듯한 방이다.

"문제는 문 앞에 있는 저거겠네."

"그렇구려."

아까부터 [위험감지] 스킬의 경고음이 시끄럽다.

문 바로 앞에는 지난번의 그리폰과 똑같은 크기의 마물이 누워 있었다.

"키메라……?"

루시가 불쑥 중얼거렸다. 사족 보행하는 거대한 짐승. 사자와 염소 형태의 쌍두에 뱀 대가리가 달린 꼬리. 전신의 털은 짙은 회색이다.

잠들어 있는 것처럼 보이지만 다가가면 일어날 것 같은 낌새가 든다. 문을 지키는 문지기인가. 이놈도 만들어진 마법 생물일까?

"일단 싸워 볼까요?"

니나 씨는 망설임이 없구나.

"자자, 기다리시오. 우선은 소생이 [감정] 스킬로 마물에 대해 조사해 보겠소."

"딱 봐도 세 보이니까 후지양, 부탁해."

"맡겨 두시게…… 흠흠. 마물은 키메라가 틀림없는 것 같소. 약점은 '불'인 듯하오."

"내 차례네!"

루시가 갑자기 기운이 났다.

"그리고 제조년도가 '구세 전 10년'. 상당히 옛날에 만들어진 키메라로군요."

"엑!""

후지양의 말에 니나 씨와 루시가 놀란 목소리를 냈다.

"오오…… 천 년 전의 마물이었나요. 위험할 뻔했습니다."

"잠깐. 이런 마물은 반칙이잖아."

초조한 기색의 니나 씨와 루시.

"루시, 뭐가 반칙인데?"

"니나 공. 저 마물은 강한 것이오?"

이세계인 콤비인 우리한테는 딱 와 닿지가 않는다.

"주인님, 구세주 아벨 님이 세계를 구한 것이 천 년 전. 그 전의 암흑시대는 지금보다 마물이 훨씬 강했다는 이야기는 알고 계시죠?"

"이야기는 들은 적이 있구려."

그건 나도 안다.

"전설에 따르면 천 년 전의 마물은 대마왕의 영향으로 지금보다 사나웠다고 해."

"다시 말해, 저놈은 천 년 전부터 살아있으니까 상당히 강하다는 건가. 보통 키메라에 비해 얼마나 강한 거야?"

"천 년 전의 마물은 지금의 마물보다 대략 3~4배는 강하다고 해요."

"그건 급이 다른 거 아니야?"

아니 잠깐. 천 년 전의 마물들은 그렇게 위험한 건가.

"그냥 마물인 줄 알고 싸움을 걸었다가 천 년 전의 마물이어서 베테랑 모험가 파티가 전멸했다는 이야기도 있을 정도야."

"어떡하지? 포기하고 돌아가?"

솔직히 그다지 무리하고 싶지는 않다.

"아니, 가지요." 하고 제안한 것은 니나 씨.

"니나 공, 승산은 있는 것이오?"

"저런 마물은 문 앞에서 움직이지 않는 경우가 많습니다. 당해낼 수 없는 경우에는 도망치죠."

싱긋 웃는 니나 씨.

흠 하고 고개를 끄덕이는 후지양.

"소생은 던전에서 탈출할 수 있는 [탈출부]^{이스케이프 카드}라는 아이템을 가지고 있소. 위험할 때는 던전에서 도망치지요."

"좋네, 찬성."

그렇다면 안전할 것 같다. 나는 신중한 플레이 스타일이 좋아.

"저는 니나 씨를 지원할게요. × × × × × × × × × × (물이여 넘쳐흘러라)."

정령 마법으로 물을 생성한다.

"물 마법 : 물 조작."

생성한 물을 조종해 커다란 워터 볼을 만든다. 내 마력으로 마법을 발동하는 것에 비하면 조금 시간이 걸린다. 이래선 전투 중에는 못 쓰려나.

"루시, 불 마법 영창 부탁해."

"알았어."

지난번 그리폰은 루시의 마법이 맞지 않았다면 못 이겼을 거다. 이번에도 루시의 마법이 중요해질 듯한 느낌이 든다.

"그리고. 후지양. 여차할 경우엔 아까 말한 물건을 부탁해."

"알겠소."

이번에는 여러 가지로 준비해 두었다. 동료가 있으면 여러 방법을 쓸 수 있어서 좋구나.

"그럼 먼저 제가 선행하겠습니다."

니나 씨는 통통 가벼운 발놀림으로 키메라에게 다가갔다. 그보다 조금 늦게 내가 따라갔다. 후지양과 루시는 계단 부근에서 대기했다. 루시는 주문을 영창하고 있다.

──느릿하게 키메라가 일어나 낮게 으르렁거린다.

역시 잠들지 않았던 건가, 저 문지기 짐승. 던전 보스로군.

"얍!"

니나 씨가 단숨에 거리를 좁혀 키메라에게 발차기를 넣었다.

쾅 하고 무거운 소리가 났지만 키메라는 조금 비틀거렸다. 하지만 그뿐이다.

키메라가 보복이라도 하듯이 앞발을 붕 휘두르는 것을, 니나 씨가 "어어." 소리를 내면서 피했다.

"물 마법 : 아이스 애로우."

키메라의 발을 묶기 위해 마법을 쐈다.

푸슉, 푸슉, 푸슉, 푸슉 하고 전탄 명중했다. 하지만.

"안 통하네요."

니나 씨의 귀가 축 늘어진다.

키메라는 내 마법을 피하지도 않았다. 모기라도 있었나? 같은 반응이다.

제, 제길. 열받네.

그 후 니나 씨는 마물의 뒤나 옆으로 돌아가 공격했다. 하지만 키메라는 빈틈이 얼마 없었다.

염소와 사자와 뱀, 세 개의 머리가 항상 니나 씨를 인식하고 있다.

"으음, 역시 보통 키메라보다 상당히 강하네요."

니나 씨가 조금 거리를 벌리고 난감한 듯이 말했다.

"그런가요?"

"보통 키메라는 제 발차기로 쓰러뜨릴 수 있는데, 이놈은 꿈쩍
도 안 하네요."

"제 마법은 피할 마음조차 없는 것 같고요……."

모처럼 익힌 정령 마법도 아직 전혀 제대로 못 다루고 있나.

"그럼 내가 갈게!"

루시의 목소리가 들렸다. 겨우 자기 차례가 돌아와 기뻐 보인
다.

"좋아! 루시, 부탁해."

"나한테 맡겨! 불 마법 : 파이어 애로우!"

"화살이오……?"

후지양의 중얼거림이 들렸다. 화살이라기엔 너무 두꺼운 불기
둥이 키메라를 향한다.

내 마법에는 관심을 보이지 않았던 키메라가 이번에는 철렁한
듯했다.

크게 물러났다. 불기둥이 크리스털 벽에 격돌해 불꽃이 사방
팔방으로 튀었다.

크고 작은 불꽃 파편이 쏟아진다. 키메라와…… 나와 니나 씨
에게.

크르르, 키메라가 화가 치민 듯이 으르렁댔지만 우리는 그걸
신경 쓸 상황이 아니었다.

"와와와왓." 하고 도망치는 니나 씨.

"히이이익."

최근에 화상에 트라우마가 생긴 나는 황급히 루시와 후지양이 있는 계단 부근까지 돌아왔다. 우오, 옷자락 끝이 조금 탔어.

　정신을 차리자 니나 씨도 근처까지 와 있었다. 키메라는 왜인지 이쪽으로 쫓아오지 않는다.

　어쩌면 루시가 쏜 불 마법을 경계하고 있는 건지도 모른다.

　한 번 더 발동하려면 3분이 걸리지만.

　"저기, 루시?"

　"어, 어라? 헤헤☆"

　조금 전 불 마법을 터뜨린 마법사가 귀엽게 고개를 갸우뚱한다. 이 자식이.

　"루시 공의 마법은 위력이 대단하구려. 니나 공은 괜찮으신지요?"

　"아니, 좀 당황했네요."

　니나 씨는 화난 기색도 없이 웃고 있다.

　"미, 미안해요."

　아무리 루시라도 이번엔 사과했다.

　"뭐, 다음번엔 조심하죠. 이 던전의 크리스털 벽은 마법을 튕겨내는 것 같네요."

　"잔뜩 공격해서 맞힌다는 전법은 위험하겠구려."

　"어떡할까."

　일단 현재 상황에서는 결정타가 없군.

　"후지양, 그거 부탁해."

　"오, 그때 말한 그거 말이구려. 이제 쓸까요?"

"아껴도 소용없으니까."

"그것도 그렇구려. 그럼."

후지양이 두 손을 앞으로 내밀었다.

"수납 스킬 : 꺼내기."

그 순간 후지양의 오른손에서 물이 폭포처럼 흘러나왔다.

그 양은 내 정령 마법 따위와는 비교도 안 된다. 순식간에 바닥이 물로 가득 찼다. 키메라를 포함해 우리의 발밑은 무릎 정도까지 물에 찼다.

이전에 후지양에게 '수납 스킬로 물을 운반한다면 얼마나 할 수 있어?' 라고 물어봤더니 '50미터 수영장 정도의 양이라면 여유지요' 라고 말했을 때, '이거다!' 하고 생각했다.

"와, 주인님의 수납 스킬은 과연 대단하네요."라고 니나 씨가 감탄한 듯 말했다.

"[수납(특급)] 스킬은 굉장하구나……."라고 루시가 놀랐다.

"재미있는 생각을 해내는구려."라고 후지양이 말했다.

"할 수 있는 건 뭐든 해야지."

어차피 최약체 수습 마법사다. 나는.

던전 내부는 천정과 벽의 크리스털의 광채가 수면에 반사되어 더욱 환상적인 풍경을 만들어내고 있다.

저 앞에서 우리를 노려보는 것은 커다란 키메라다.

좋아, 해 볼까!

키메라는 제 잠자리가 물에 잠겨 버려서 불쾌해 보인다.

"니나 씨, [물 마법 : 수면 보행]을 걸게요."

"아니요, 괘념치 마시길. 도약이 약해질 것 같으니 저는 사양할게요."

"그런가요."

어라, 니나 씨한테 폐가 되는 짓을 해 버렸나…….

"타카츠키 님, 지원 부탁드립니다."

"알겠어요."

아니, 내가 할 수 있는 일을 하자. 물이 이만큼 있으면 쓸 수 있는 방법도 많다.

"루시, 다녀올게. 마법 잘 부탁해."

"응. 하지만 또 피해 버릴지도 몰라."

약간 주눅이 든 듯한 루시. 눈을 올려 뜨고 지팡이를 두 팔로 끌어안은 모습이 귀엽다.

"내가 발을 묶을게. 여기는 공간이 있으니까 마음껏 해도 돼."

"아, 알았어!"

루시가 고개를 끄덕끄덕한다.

"위험해지면 무리하지 말고 돌아가지요."

후지양이 귀환용 아이템을 손에 들고 모두에게 말했다.

"그럼, 갈게요!" 니나 씨가 달려들었다.

이 사람 진짜 망설임이 없네! 키메라는 니나 씨의 발차기 기술을 경계하고 있다.

그리고 루시의 마법도 신경 쓰고 있는 것 같다. 나는 세 번째 정도인가.

열받네. 뭐, 하지만. 그편이 뒤통수치기가 좋다.

"물 마법 : 안개."

나는 키메라 주위에 짙은 안개를 발생시켰다.

하지만 완전히 안개로 덮어 버리면 키메라의 위치를 알 수 없게 되므로 일부만 퍼뜨렸다. 키메라는 머리가 세 개 있다.

염소 머리와 사자 머리, 그리고 꼬리 같은 뱀이다.

세 개의 머리가 방심하지 않고 주위를 둘러보고 있어서 빈틈이 별로 없다.

그래서 시야를 빼앗았다. 저 머리를 안개로 덮으면 적의 장점을 없앨 수 있다.

"얍!"

니나 씨가 발차기를 넣는다. 노리는 것은 염소 머리.

키메라는 시야를 가로막는 안개를 흩뜨리려고 화난 듯이 머리를 흔들고 있다.

그 안개는 흩어버릴 수 없거든? 퍽 하고 기세 좋은 소리가 나며 니나 씨의 발차기가 키메라에게 제대로 꽂혔다. 키메라가 옆으로 넘어졌다!

"루시!"

"나만 믿어! 불 마법 : 파이어 애로우!"

그 틈을 놓치지 않고 루시가 마법을 쏘았다.

"좋았어! 들어갔…… 응?"

"코스를 벗어났네요……."

니나 씨가 유감스러운 듯이 고개와 귀를 흔든다.

루시의 마법은 키메라에게 향하는 직선상에서 벗어나 있었다.

쓰러졌던 키메라가 위험을 감지했는지 황급히 일어났지만 루시의 마법이 빗나간 것을 보고 안도한 것처럼 보였다.

허술하군, 키메라.

루시의 불 마법이 크리스털 벽에 격돌했다.

"물 마법 : 아이스 애로우." "물 마법 : 물살."

키메라 발밑의 바닥을 얼리고 다시 물 마법으로 키메라를 이동시켰다.

키메라는 초조한 듯이 다리를 뻗대고 버티려 했지만, 늦었다.

루시가 쏜 노 컨트롤 파이어 애로우가 벽에 반사되고, 키메라가 불꽃에 휩싸였다.

끼에에에에! 음매애애애! 하고 사자와 염소가 비명을 지르고, 키메라가 괴로운 듯이 몸을 꺾고 있다.

"이건 기회네요."

니나 씨가 씨익 웃었다. 뭔가 주문을 영창하고 있다.

"땅 마법 : 큰바위."

아, 영창 마법도 평범하게 쓸 수 있네요. 공중에 몇 미터는 될 듯한 커다란 암석이 나타났다.

그리고 니나 씨가 크게 점프했다.

"슷!"

바위를 힘껏 키메라에게 차서 떨어뜨린다. 거대 암석이 콰광 하고 키메라를 짓뭉갰다.

키메라가 꾸에엑 하고 괴로운 목소리를 내더니 축 늘어졌다.

쓰러진 키메라는 움직이지 않는다. 곁에서 털이 타는 냄새가 난다.

"해, 해치웠어?"

"기다리시오. 소생이 감정하겠소."

루시와 후지양이 달려왔다.

너무 가까이 가지 않도록 조심하면서 감정을 했다.

"으음, 확실히 죽었구려. 역시 대단하오, 여러분."

다행이다. 무사히 해치웠구나.

"니나 씨, 아까 그건 땅의 중급 마법이죠? 마법도 쓸 수 있군요."

완전히 근접기술만 쓰는 격투가인 줄 알았는데 숨겨진 기술을 가지고 있었다.

실버 랭크는 역시 다르구나.

"아니요, 루시 공의 마법 위력과 타카츠키 님의 지원이 있어서 가능했습니다."

니나 씨가 생글생글 웃으며 대답한다.

키메라와의 싸움에서 전위를 혼자 해내고 마지막 일격을 가져갔는데도 이렇게 겸손하다니.

"뭐, 내 마법에 걸리면 별것 아니야."

이 컨트롤 빵점 마법사가 보고 배우게 하고 싶다.

"루시의 마법은 전혀 안 맞았었는데?"

"우우."

"두 번에 한 번은 빗나가지."

"결과적으로 맞았으니까 됐잖아! 우우…… 어차피 난 컨트롤이 꽝이야."

흑흑흑 하고 우는 시늉을 하는 루시.

"미안미안. 말이 심했어."

결과가 좋으니 뭐 됐어. 앞으로 수행해서 둘이서 천천히 강해지면 된다.

"그럼 안쪽으로 가지요!"

후지양은 기운이 넘친다.

"천 년 전의 시설이라면 강한 무기가 있으려나?"

솔직히 나도 조금 두근거린다.

이곳은 숨겨진 던전인 듯하니까. 뭔가 있을 것 같아!

키메라의 소재는 나중에 회수하기로 하고 우리는 안쪽 문으로 나아갔다.

문은 두꺼운 철문이지만, 잠기지 않아서 니나 씨가 밀자 무거운 소리를 내며 천천히 열렸다.

"연구 시설 같네."

문 너머에는 낡은 책장이나 잘 알 수 없는 기계가 드문드문 있었다.

모두 녹슬어 있거나 풍화되어 너덜너덜해져 있었다.

기대했던 '보물의 산이 여기에!' 같은 전개가 아니었다.

"뭐야, 시시해."

루시가 불평을 흘린다.

"자자, 의외로 발굴할 만한 물건이 있을지도 몰라요. 주인님 어떠신가요?"

"으음, 언뜻 보기에는 그리 가치 있는 물건은 없구려."

후지양은 감정 스킬을 사용해 주위를 두리번두리번 둘러보고 있다.

그 표정으로 보건대⋯⋯ 유감이군. 아무래도 꽝이었나 보다.

뭐, '우연히 발견한 던전에서 전설의 무기가!' 같이 잘 풀릴 리가 없나.

"있잖아, 안쪽이 더 있어."

연구 시설에 관심 없는 루시가 혼자서 안쪽을 탐색한 듯했다.

"이봐, 혼자서 너무 멀리 가지 마. 위험하잖아."

"괜찮아. 문지기 마물을 해치웠으니까 이런 데는 마물이 없을 거 아니야."

루시가 마음 편한 기색으로 대답한다. 이거야 원.

"그런 소리를 하는 사람이 제일 먼저 당한다고. 영화에서는."

"영화?"

다음에 루시에게 사망 복선의 중요성을 가르쳐줘야지.

"오오, 이쪽은 던전의 동력실 같네요."

혼자서 어슬렁거리는 루시가 걱정됐는지 니나 씨가 따라가 준 모양이다. 미안하네요, 우리 애가 이래서.

"호오! 동력실이오?! 천 년 동안 가동했던 인공 던전의 동력이라면 상당한 에너지일 터."

뭔가 좋은 게 있었나 보다.

"주인님, 엄청 큰 마석이 있어요."

니나 씨가 야무지게 보고했다. 후지양과 좋은 콤비네.

"후지양, 뭔가 가치가 있을 만한 물건이 있었어?"

참고로 나는 [위험감지]를 켜고 맨 뒤에서 걷고 있다.

마물이 들어올 수 없도록 철문은 닫아두었다.

숨은 마물이 없는지 찾아보지만, 지금은 문제없는 듯하다.

"후, 훌륭하오! 이만큼 거대한 마석이 있을 줄이야! 맥캘란에서 쓰이는 에너지를 전부 처리할 수 있을 만한 양이오!"

아무래도 발굴할 만한 물건을 찾아낸 것 같다. 어디, 나도 구경하러 갈까.

"와, 이렇게 큰 마석은 엘프 마을에서도 본 적 없어. 아, 뭔가 찌릿했어."

"루, 루시 공? 그렇게 부주의하게 만지지 않는 편이……."

이봐, 루시. 조심하라고.

"호오오, 이것을 가지고 가면 맥캘란이 다시 태어날 거요. 그런데 어떻게 이런 거대한 천연 마석이………… 와아아아아아아아아아아."

"주인님?!"

"후지양 씨! 왜 그래요?"

어? 무슨 일이야?

나는 황급히 모두와 합류했다.

"후지양, 왜 그래! 어, 이거 엄청나네."

안쪽 방에 들어가자 조금 전의 키메라보다 커다란 일곱 빛깔로 빛나는 마석이 천천히 움직이고 있었다.

왜 돌이 움직이는 거지?

"어, 어서 도망칩시다! 우리는 터무니없는 것을 깨우고 말았소!"

후지양의 얼굴이 파랗게 질려 있다.

"뭐?! 이게 어떻게 된 거야!"

루시는 평소처럼 패닉에 빠져 있다.

"……."

니나 씨는 날카로운 눈으로 후지양을 보호하듯이 자세를 취하고 있다.

나는 세 사람 가까이로 달려갔다.

"위, 위험하오. 이건, 위험하오……."

"후지양? 왜 그래?"

굳은 얼굴로 중얼거리는 친구에게 말을 걸었다.

눈앞의 일곱 빛깔 마석은 천천히 위로 솟아오르더니 구불구불 휘어지면서 형태를 바꾸어 갔다.

"거, 거인……?"

루시의 떨리는 목소리가 귀에 들어온다. 일곱 빛깔 마석이 거대한 인간형으로 모양을 바꾸었다.

──스르르, 커다란 눈과 입이 열린다.

커다란 눈이 이쪽을 내려다보았다.

전에 싸웠던 오거를 두 아름은 크게 만든 듯한, 둔탁하게 빛나는 거인이 우리를 보고 '히죽' 웃었다.

아…… 이거, 끝장이네.

8장 타카츠키 마코토, 고대의 거신에 도전하다

찬란하게 빛나는 거인은 기쁜 듯이 크게 입을 일그러뜨리며 우리에게 말을 걸었다.

"인간의 아이인가."

거인의 목소리는 거대한 스피커의 저음이 속을 징 울리는 것처럼 낮은 목소리였다.

후지양은 아직도 중얼거리면서 머리를 싸매고 있다.

니나 씨는 후지양을 뒤에 두고 자세를 취하고 있고, 루시는 입을 쩍 벌리고 있다.

나는 루시의 손을 끌고 후지양과 니나 씨에게 어깨가 닿을 만큼 다가갔다.

[명경지수] 스킬로 평정심은 유지하고 있다, 아마도.

던전에서 귀환하는 아이템은 후지양이 가지고 있다.

모두가 안전하게 이 자리를 벗어나려면 귀환 아이템을 쓰는 것이 확실하다.

되도록 한곳에 뭉쳐 있는 것이 좋다. 하지만 잠시 상황을 보자.

[위험감지] 스킬에 반응이 별로 없다.

어쩌면 나쁜 놈은 아닐지도 모른다는 낙관적인 생각이 머리를 스쳤다.

"감사를 표하마. 너희 덕분에 봉인이 풀렸다."

우리가 뭔가 한 건가? 문득 루시 쪽을 흘끗 보았다.

루시가 머리를 옆으로 붕붕붕 흔든다.

'오해야!'라는 얼굴을 하고 있지만 아까 마석을 건드리지 않았던가?

루시 양이 저질러 버리셨나 했지만 이번에는 틀렸다.

"소생이오……. 소생이 마석을 [감정]해 버린 것이 문제였소……."

후지양이 떨리는 목소리로 대답해 주었다.

"나는 고대 전쟁에서 패배해 석화(石化)의 봉인이 걸려 있었다. 그 봉인은 약해졌다고 하나 자력으로는 풀 수 없다. 누군가가 나를 인식해 줄 필요가 있었던 것이다."

"하아…… 감정으로 봉인을 풀 수 있는 겁니까."

그런 봉인 마법도 있구나.

하지만 그렇다면 후지양이 나쁜 것도 아니잖아?

"누구든 그렇게 커다란 마석을 보면 감정해 볼 테니까 어쩔 수 없어."

후지양, 그렇게 시무룩해지지 말라니까.

"내게 걸린 봉인은 평범한 눈으로 간파할 수 없다. 신의 위장마저도 꿰뚫어보는 [신안(神眼)]이 아니고서는."

"신안……."

후지양은 그런 스킬도 가지고 있었던 건가?

아니, [감정]했다고 말했으니까 [감정] 스킬이 신(神)급이었다는 걸까.

"소생의 감정은 신급이 아니오……."

후지양이 내 예상을 부정했다. 그렇겠지, 후지양의 감정 스킬은 특급이었다.

"그런가……. 허나 나의 봉인은 풀렸다. 그것으로 좋다."

일단, 우리가 이 거인을 구한 거지?

말도 통하니까 공격받는 일은 없을 것 같다.

그렇게 생각하고 있었다.

"배가 고프군."

그 말을 듣기 전까지는. 거인의 눈이 빤히 이쪽을 쳐다본다.

이봐 잠깐, 우리 은인 아니야? 그런 눈으로 보지 말아 줘.

오싹오싹, 등줄기를 차가운 것이 훑는 느낌이 들었다.

"귀, 귀환!"

니나 씨가 후지양에게서 아이템을 빼앗아 발동시킨다.

다행이다! 나는 사용법을 몰랐어.

우리 네 명은 빛에 휩싸였고, 빛이 사라졌을 때는 들어갔던 동굴 앞에 서 있었다.

살았나? 아니, 아직이다.

"여기서 떨어지자."

여기 있으면 위험하다.

"어, 어라, 방치해 놔도 돼?"

루시가 겁먹은 목소리로 물었다.

"돌아가서 길드에 보고하죠!"

"그래, 그러는 게 좋겠어."

니나 씨의 말대로다.

"……."

후지양은 아직도 시무룩해 있다.

"모두, 마을로 돌아가자. 아까 그 거인이 쫓아올지도 몰라."

모두 작게 끄덕이고 왔던 길을 돌아가려 할 때.

──불룩.

눈앞의 땅이 솟아올랐다. 순식간에 흙이 사람 형태를 만들어 낸다.

그리고 둔탁하게 빛나기 시작했다.

"어디 가느냐?"

위험해! 뭐야, 이 자식. 도망칠 수가 없잖아.

"주인님! 도망치세요!"

니나 씨가 거인을 향해 날아갔다.

"아, 아니 되오! 그놈에게 손을 대면!"

후지양이 초조한 듯이 소리쳤지만 이미 늦었다.

니나 씨의 발차기가 거인의 머리에 닿는 순간이었다.

두웅 하고 종을 치는 듯한 둔탁한 소리가 울려 퍼진다. 거인은 자신이 차이길 가만히 기다리고 있을 뿐이었다. 혹시, 둔한가?

"잠깐."

거인이 손을 뻗는다.

"어?"

니나 씨는 공격을 하고 곧바로 떨어질 생각이었으리라. 발차기를 넣고 거리를 두려 했다. 움직임이 재빨라서 거인은 반응하지 못하는 것처럼 보였다.

거인의 움직임은 느릿느릿했고…… 문득 거인의 손가락 끝이 조금 니나 씨에게 닿은 것처럼 보였고.

——니나 씨가 날아갔다.

"커, 허윽!"

멀리 있는 나무에 쾅 하고 부딪쳐 그대로 쓰러졌다.

엑! 니나 씨는 실버 랭크인데. 지금 그건 뭐지.

잘 알 수 없는 일격으로 니나 씨가 날아갔다.

"후지양! 저놈 대체 뭐야!"

"성신님의 분노를 사서 돌에 봉인되어 있던 사악한 거인이라고……. 소생의 감정으로, 봉인이 풀리고 말았다고……. 그것밖에 알 수 없었소."

사악한 거인…….

확실히 위험한 분위기밖에 안 느껴진다.

"후지양은 니나 씨를 아이템으로 회복시켜 줘. 나와 루시가 시간을 끌게."

"아, 알겠소! 무리는 하지 마시오."

후지양이 쿵쿵 달려갔다.

옆에서는 루시가 주문을 영창하고 있다.

평소라면 시간에 댈 수 없겠지만, 눈앞의 거인은 기본적으로 행동이 느리다.

하지만 아까 니나 씨를 공격했을 때처럼 수수께끼의 움직임을 하니까 방심할 수 없다.

"파, 파이어 스톰."

루시의 마법이 제때 나갔다.

그리폰을 해치웠을 때보다 더 큰 불꽃 회오리가 거인을 중심으로 불타오른다.

"대단한데, 루시! 상급 마법을 성공했잖아."

"여, 열 번에 한 번 정도는 성공해."

오오…… 10% 뽑기를 돌려서 성공한 거냐. 아니, 운이 우리 편을 들어줬다고 생각하자.

평범한 마법으로 저 거인에게 대미지가 들어갈 거라고는 생각할 수 없다.

파이어 스톰은 하늘을 태워버릴 기세로 타오르고 있다.

"좋아, 아무리 그래도 조금쯤은 대미지가 들어갔겠지. 니나 씨와 후지양과 함께 도망치자."

"기, 기다려. 상급 마법은 익숙하지가 않아서 조금 마력에 취한 것 같아."

루시가 비틀거린다.

나처럼 마력이 적은 사람과는 인연이 없는 이야기지만 루시처럼 마력이 높은 사람은 강력한 마법을 쓴 직후에는 온몸의 마력이 활성화되어 술에 취한 듯한 감각이 되는 일이 있다고 한다.

나는 루시의 손을 끌고 니나 씨와 후지양이 있는 곳으로 걸어갔다.

후지양이 니나 씨에게 회복 아이템을 쓰고 있다.

좋아, 이러면 도망칠 수 있을지도 몰라. 그렇게 생각했던 때가 저에게도 있었습니다.

──쿠궁, 지면이 흔들렸다.

공기가 떨리고 숲속의 새들이 일제히 날아올랐다.

멀리서 일제히 짐승들의 겁에 질린 울음소리가 들려온다.

어쩌면 마물의 목소리인지도 모른다.

쭈뼛쭈뼛 되돌아보자 거인이 불꽃 회오리에서 느릿느릿 빠져나오는 모습이 보였다.

"멀쩡해?"

루시의 목소리가 떨린다.

나도 [명경지수] 스킬이 없었다면 마음이 꺾였을지도 모른다.

그리폰을 해치운 루시의 상급 마법이 전혀 통하지 않는 적.

우리는 절대로 감당할 수 없다. 도망치고 싶어도 적이 이상한 이동방법을 쓰니 도망칠 수 있을 것 같지가 않다. 어떡하지?

[고대의 거신과 싸우겠습니까?]

예

아니오 ←

아니 잠깐……. 거인이 아니라, 거신? 이거 초반에 나올 적이 아니잖아.

난이도 밸런스가 망가졌다고, 이세계.

"루시, 후지양과 니나 씨와 도망쳐."

작은 목소리로 속삭였다.

"마, 마코토는?"

"시간을 벌게."

──××××××(물이여, 있으라). "물 마법 : 안개."

정령 마법으로 생성한 물을 안개로 바꾼다. 순식간에 주위가 안개에 휩싸였다.

"호오, 정령 마법인가."

낮은 목소리가 들렸다. 조금 재미있어 하는 듯한 음색.

'정령 마법을 아는 건가…….'

박식한 거신이군. 내 공격이 통할까? 불안이 더해진다.

"루시, 가 줘."

"하, 하지만!"

"후지양은 소중한 친구야. 나중에 쫓아갈게."

"죽으면 용서하지 않아."

루시가 노려보았다.

"그래."

여신님과 똑같은 말을 하는구나. 그러고 보니.

'여신님! 뭔가 조언 없나요!'

(…….)

대답이 없다.

평소에는 시끄러울 정도면서. 이런 때야말로 뭔가 조언해 달라고요.

——쿵, 쿵, 무거운 발소리가 울린다. 땅이 흔들린다.

짙은 안개로 눈앞이 새하얗지만 거신은 확실하게 이쪽으로 오고 있다.

루시는 후지양 쪽으로 달려갔다.

시야가 전혀 보이지 않지만 루시는 귀가 좋다.

후지양 쪽과 합류할 수 있을 거다. 좋아, 해보자.

——[은밀] 스킬.

스킬을 발동한다. 작전은 심플하다.

안개를 이용해 상대의 시야를 빼앗으면서 여신님의 단검으로 베고, 다시 은밀로 숨는다.

상대는 어디 있는지 모르는 적에게 발이 묶여 주지 않을까 하는 조잡한 작전이다.

니나 씨의 발차기도, 루시의 마법도 통하지 않았던 거신.

내 마법이 통하지 않는 건 확정된 거나 다름없지만 여신님의 단검이라면, 어쩌면.

쿵, 쿵 하고 발소리가 다가온다.

숨을 죽이고 거신이 지나가기를 기다렸다.

뒤쪽에서, 가능하면 발목, 아킬레스건 부근을 노리자.

그렇게 하면 걸음이 멈출 터.

숨을 멈추고 적이 지나가기를…….

"무엇을 하느냐?"

"?!"

거신이 이쪽으로 손을 뻗는다. 왜! 은밀이 안 통해?

'위, 위험해! 잡힌다!'

그렇게 되면 도망칠 수 없어! 아니, 잡아먹히나?

[회피]!

절망적으로 가까운 거리까지 거신의 손이 닥쳐왔지만 스킬을 발동하면서 단검을 마구잡이로 휘둘렀다.

손에는 아무 느낌도 없었다.

운 좋게 거신의 손에서 도망칠 수 있었다. 살았다!

뭔가 뚝 하고 발밑에 떨어진 느낌이 들었다.

"무슨 짓을 했느냐!"

갑자기 거신이 성난 목소리를 냈다.

"네 이놈."

온화하다고 생각했던 목소리에 명백한 분노가 섞여 있다. 땅이 흔들리고 돌풍이 안개를 걷어낸다.

"어라?"

거신의 손가락이…… 하나 없어?

내, 내가 자른 건가? 진짜로 손에 느낌이 없었는데.

"그 단검…… 어디서 손에 넣었느냐?"

으음, 여신님에게 받았다고 솔직하게 말하는 게 좋을까.

"그것은 인간에게 과분한 물건이다……."

"어?"

정신이 들자 눈앞에 거신이 있었다.

피할 틈도 없이 몸이 잡힌다.

[회피!]

도망칠 수 없다. 붙잡혔다!

거신의 양손에 몸이 구속된 상황에서 눈앞에 거신의 얼굴이 다가왔다.

내 머리와 비슷한 크기의 거대한 눈이 이쪽을 쳐다본다.

머, 먹힌다!

──────────아아, 내 모험은 여기서 끝나고 말았어…….

"기다려!"

하늘에서 울려 퍼진 아름다운 목소리는 여신님의 것이었다.

하지만 언제나처럼 머릿속에 울리는 목소리가 아니라 직접 귀로 들렸다.

무엇보다 놀란 것이.

"이 목소리, 노아 아가씨이십니까?"

아무래도 거신에게도 들리는 것 같다.

계속 무표정이었던 거신의 얼굴이 놀람으로 일그러져 있다.

나를 붙잡은 거신의 손이 조여든다. 괴, 괴로워.

"할아범, 그만둬. 그 아이는 내 신자야."

"오오. 그랬는가……. 미안했다……."

갑자기 손이 떨어졌다.

공중에 들린 상태에서. 당연히 나는 몇 미터 낙하하게 되었고.

"아야야."

꼴사납게 엉덩방아를 찧었다. 뭐, 하지만. 그런 건 큰 문제가 아니다.

"여신님."

비틀비틀 일어나 불렀다.

"후훗. 감사하렴, 마코토. 내 신자이길 잘했지?"

"으음, 이게 대체."

"우리 타이탄들은 티탄 신족을 모신다. 노아 아가씨의 신자라면 나의 가족이나 마찬가지다."

"그, 그런가요."

갑작스러운 이야기라 못 따라가고 있지만, 이 거신 아저씨는 타이탄이라는 종족으로, 여신님의 동료라고 한다.

그래서 여신님의 말 한마디에 거신이 얌전해진 모양이다. 하지만 좀 더 빨리 구해주길 바랐다. 평소에는 곧바로 참견하면서.

"여신님, 감사합니다."

하지만 우선은 감사하자. 진짜로 죽는 줄 알았어.

"마코토도 간이 참 작구나. 타이탄은 대지에서 자란 식물밖에 먹지 않아. 인간 따윌 먹을 리가 없잖아."

"어? 그래요?"

"음. 나는 고기는 먹지 않는다."

거신은 채식주의자였다!

그렇다면 이쪽을 보고 배고프다는 말은 안 해줬으면 한다. 수명이 줄어들었다니까.

"하지만 그럼 왜 니나 씨를 날려버린 거죠?"

"갑자기 공격해서 놀랐다. 가볍게 밀어낼 생각이었다만."

무표정하지만 조금 미안해하는 목소리. 거신님이 반성하고 있어…….

그건 그렇고, 조금 닿았을 뿐인데 그만한 위력이라니.

실버 랭크가 반응도 못 하고 일격에 다운됐다.

이 거신 아저씨는 상궤를 벗어나 있다.

"아, 마코토, 할아범. 나는 시간이 다 된 것 같아. 그럼 지금부터는 잘 부탁해."

여신님은 그런 말을 남기고는 목소리가 들리지 않게 되었다.

뭘 어쩌라는 거지? 거신 아저씨는 왜인지 고개를 끄덕이고 있다.

"어이, 타키 공!"

"잠깐! 거인! 마코토한테서 떨어져."

어라? 도망쳤을 터인 후지양과 루시가 돌아왔다.

도망치라고 말했는데.

뭐, 나도 쫓아간다고 말해놓고 붙잡힌 얼뜨기지만.

"타, 타카츠키 님?! 그 단검으로 거인의 손가락을 자르신 건가요!"

니나 씨가 경악한 목소리를 냈다.

아, 그러고 보니.

"저기, 죄송해요. 손가락을 잘라 버려서……. 이거 혹시 붙일 수 있나요?"

"상관없다. 1만 년만 있으면 자랄 거다."

"그, 그거 다행이네요."

상당히 오래 기다려야겠지만, 아무래도 용서해 주는 모양이다.

"""……."""

거신과 평범하게 대화하는 나를 보고 모두가 굳었다.

"다들 괜찮아. 이 거신님은 동료였어."

놀라는 모두에게 여신님과 거신 아저씨의 관계를 설명했다.

"뭣이, 이 분은 타키 공이 믿는 여신님의 동료였소이까."

"잠깐, 마코토. 난 못 들었는데. 마코토가 사신의 신자라니!"

"루, 루시 공? 눈앞에서 그렇게 말하는 건……."

모두 놀라고 있다.

"우리 타이탄은 티탄 신족의 수호자다. 하지만 우리 주인이 전쟁에 패해, 우리를 포함한 거신족이 주인을 구하기 위해 신계에 도전했다."

기간토마키아
"거신전쟁 말이군요."

"과연, 성신님과 싸운 신족이었기에 사악하다고 표현된 것이구려."

신화의 이야기잖아. 이 아저씨, 언제부터 살아온 거야.

"석화의 봉인을 당한 것은 1500만년 정도 전이다."

마음을 읽었나? 무섭다.

그리고 너무 오래 살아서 상상이 안 된다.

"그러고 보니 배고프다고 했었죠?"

화제를 바꾸자. 뒤에서 루시가 움찔했다.

괜찮아, 이 아저씨는 채소밖에 안 먹는다니까.

"후지양, 빵이나 과일 없어?"

"오, 오오. 있소."

수납 스킬로 먹을 것을 적당히 내놓게 했다.

"오오, 그립구나. 다시 대지의 은혜를 입에 머금을 수 있다니."

거신 아저씨는 빵과 사과를 기쁜 듯이 먹고 있다.

후지양이 와인을 건네자 그것도 맛있게 마셨다.

"보답을 해야겠구나."

몸 크기로 보건대 아직 부족하지 않을까 했지만 만족한 듯했다.

거신이 우리를 내려다본다.

"수인족 소녀여. 아까는 미안했다."

"아, 아뇨! 먼저 공격한 건 저인걸요!"

니나 씨가 황급히 손을 젓는다.

"그대에게는 대지의 거신의 가호를."

"어?"

니나 씨가 한순간 빛에 확 감싸였다.

"오오오, 어쩐지 힘이 솟아나네요……."

니나 씨가 자기 몸을 두리번두리번 둘러보고 있다.

"어디어디…… 얍!"

니나 씨가 근처에 있는 바위를 가볍게 찼다.

쿠오오오! 니나 씨에게 차인 바위가 순식간에 거대 암석으로 모습을 바꾸고 주위의 나무들을 후려치며 날아갔다.

"와, 굉장해."

"어떻게 한 것이오? 니나 공."

"아, 아니. 조금 시험해 볼 생각이었는데요. 이거 엄청나요!"

공중에서 붕붕 돌려차기를 쏘아내고 있다.

공중에서 3회전이나 할 수 있구나.

아, 착지와 동시에 지면에 크레이터가 생겼다.

니나 씨가 자신의 발기술에 깜짝 놀라는 듯했다.

"니나 씨는 여신님의 신자가 아니었던 거예요?"

"하하…… 수인족은 신앙심이 부족해서요."

아하하 웃는 니나 씨.

모두가 성신족의 열렬한 신자인 건 아니구나.

"다음은, 음식을 바친 그대인가."

커다란 눈이 후지양 쪽을 보았다.

"그거라면, 거신님! 그 잘린 손가락을 주시지 않으시겠소?"

후지양은 내가 베어낸 거신의 손가락을 원하는 모양이다. 그런 게 좋아?

루시와 니나 씨가 미묘한 표정을 짓고 있다. '취향이 나쁘다'고 생각하고 있는 걸까.

"그런 것으로도 좋다면, 마음대로 하여라."

"감사하오!"

후지양이 의미가 없는 물건을 받을 리가 없으니까 아마 이유가 있겠지.

귀중한 듯이 끌어안고 수납 스킬로 갈무리했다.

"다음은 하프 엘프 소녀인가."

"네, 네."

루시가 긴장한 얼굴로 내 옷소매를 붙잡는다.

아직 조금 무서운 듯하다.

"그대, 마법을 컨트롤하지 못하는군."

"아, 알 수 있어요?"

"그 폭풍 같은 마력을 보면 안다."

역시 루시의 마나는 폭풍이구나.

싱크로했을 때를 떠올린다.

"지팡이를 빌려다오."

"이거요?"

루시가 늘 사용하는 나무지팡이를 거신에게 건넸다. 부러지지 않으려나. 거신은 자기 머리카락을 한 올 뽑더니 지팡이에 둘둘 감았다. 거신의 머리카락이 순식간에 빛의 글자처럼 변해 지팡이에 빨려 들어갔다.

"돌려주마. 이것으로 땅 마법을 쓰기 쉽게 될 것이다."

"헤, 헤에."

지팡이를 받아든 루시가 쭈뼛쭈뼛 주문을 영창했다.

"땅 마법 : 암석탄."

조금 전의 니나 씨에게 지지 않을 정도의 거대 암석이 지팡이

에서 튀어나와,

"으힉."

니나 씨 바로 근처를 스쳐 지나갔다.

"미, 미안해!"

컨트롤은 낫지 않는구나.

하지만 수행할 때는 전혀 성공하지 못했던 땅 마법을 깔끔하게 발동했다.

상당히 좋은 아이템을 받은 건가?

"후와아아아……."

루시는 와들와들 떨면서 지팡이를 바라보고 있다. 감동하고 있는 듯하다.

"자, 이상이다."

"어?"

어라, 나는?!

"잠깐! 마코토는요?!"

루시가 소리쳐 주었다.

"노아 아가씨의 가호를 얻고 신기까지 받았으면서 아직도 원하는가. 지나친 욕망은 화를 부르거늘……."

"……."

음, 그렇게까지 말하면. 현재 상황에 만족하라는 뜻인가.

"도움이 필요할 때 노아 아가씨를 통해 부르도록 하거라. 한 번만 도와주마."

오오! 도우미 캐릭이라는 건가. 다음에 뭔가 곤란한 일이 생기면 도와달라고 하자.

"단, 내가 멀리 있을 경우에는 곧바로 올 수 없다. 용건이 있을 때는 미리 전하거라."

과연. 강한 마물에게 공격당했을 때 '지금 바로 도와줘!'라고 할 수는 없는 건가.

"그리고, 나는 신족인고로 [신계규칙]에 의해 지상계의 생태계를 어지럽히는 일은 할 수 없다. 어딘가의 나라를 멸망시키라고 해도 신계규칙에 의해 불가능하다."

꽤 제한이 많네요, 거신님.

규칙이니까 못 한다는 건…… 나라를 멸망시킬 힘은 있다는 뜻인가. 무섭다.

[거신에게 소원을 말하겠습니까?]
예
아니오

오. 선택지냐, [RPG 플레이어] 스킬.

지금 바로 소원을 빌라고? 딱히…… 아니, 하나 있었지.

"노아 님을 해저신전에서 구할 수는 없나요?"

거신 아저씨가 놀란 표정을 지었다.

"그것은 할 수 없다. 노아 아가씨가 힘을 되찾으려면 신자가 해저신전까지 도달할 필요가 있다. 내가 구해드려도 힘은 돌아오지 않는다."

뭔가 또 규칙이 있는 모양이다. 여신님, 전 그런 이야기는 못 들었는데요?

그 여신님, 중요한 부분을 말해 주지 않으니까…….

그때 거신 아저씨가 슬쩍 웃었다.

"그대의 소망보다 주인를 위해 빌다니 좋은 마음가짐이다."

칭찬받았다. 퍼펙트 커뮤니케이션이었나 보다.

"한 가지 조언하지."

거신 아저씨가 말했다.

"조언인가요?"

"네가 쓰고 있는 정령어. 그것은 신의 언어다. 그만두어라."

에, 에엑……. 정령어를 관두면 정령 마법을 못 쓰는데요.

"정령어는 티탄 신족이 써야 비로소 의미가 있다. 인간의 몸으로 정령의 힘을 사용하고 싶다면, 정령을 보고, 정령과 대화하고, 정령과 친해져라."

"정령은 안 보이는데요."

그럴 수 있으면 고생을 안 하지.

"보아라."

별안간 머리를 움켜쥐었다. 갑자기 그러면 놀란다고요!

몸에 기묘한 마력이 흘러들어온다. 이거, [싱크로]인가?

"어?"

눈앞에 빛의 탁류가 펼쳐져 있었다.

녹색, 파란색, 노란색, 흰색, 크고 작은 다양한 빛의 입자에 둘러싸여 있다.

"굉장해……."

몇천 마리나 되는 반딧불에 둘러싸이면 이런 느낌일지도…….
도쿄에서는 본 적 없지만.

훅 하고 빛이 사라졌다.

"앗……."

나는 손을 뻗었지만, 아무것도 잡히지 않았다.

거신의 손이 떨어져 있었다.

"보였느냐?"

"네, 네."

보였다. 그것이 정령인가. 엄청난 숫자였다. 그리고 어마어마
한 마나의 흐름이었다.

그걸 조종하는 것이 정령 마법인가.

아니, 틀렸다. 저것은 인간이 조종할 수 있는 게 아니다.

정령의 무리는 자연계에 있는 마나 그 자체다.

──조금만 도움을 받는 거다. 명령하다니 말도 안 되는 짓이
다.

"깨달은 것 같군."

"네."

목표가 생겼다. 정령을 본다. 그것이 다음 액션이다.

"재능이 없는 자에게는 보이지 않는다. 그대는 정령에게 사랑
받는 듯하군. 정령어는 티탄 신족이 다루는 정령에 대한 명령 언
어다. 정령은 티탄 신족 이외에게 명령받는 것을 좋아하지 않는
다."

"정령을 보고, 말을 걸고, 친해져라."

"정진하여라."

엄숙한 거신의 말을 기억했다.

"감사합니다."

여러모로 도움이 되는 일들을 가르쳐 주었다.

"그럼, 작별이다."

거신은 땅속으로 사라졌다.

◇ **오래된 거신의 독백** ◇

인간의 아이들과 헤어져 지맥을 따라 이동한다. 1500만 년 만의 자유가 기분 좋다.

천천히 지상으로 나갔다. 이곳은 대륙의 서쪽 부근인가.

풍부한 숲이 끝없이 펼쳐져 있다. 하지만…….

"마음에 들지 않는군."

정령들은 숨을 죽이고 있고 활기가 없다. 우리 타이탄이 지상을 활보했던 시대에는 생각할 수 없던 일이다. 대신 느껴지는 것은 하늘에서 내려다보는 성신족 놈들의 기척이다.

정령들에게 듣기는 했지만 지금의 지상은 변하고 말았다.

(정말 화나지?)

"노아 아가씨."

우리가 모시는 티탄 신족의 막내아이.

다른 티탄 신족은 놈들에게 붙잡혔다. 혼자 지상에 남겨진 가없는 분이다.

(가없다고 말하지 말아 줄래?)

터무니없는 무례를 저질렀습니다.

"이번에 긴 봉인에서 깨어날 수 있었습니다. 그런데 성신족의 봉인을 간파하는 눈을 가진 자가 알맞게 나타났군요."

보통 인간이 간파할 수 있을 만큼 허술한 봉인이 아니었다.

그 던전에도 신을 감추는 마법이 걸려 있어 발견하기 어려웠을 터이다.

(그렇게 딱 맞는 우연이 있을 리가 없잖아. 내가 한 거야. 그 상인 아이에겐 내 단검을 통해 일시적으로 [신력]을 내렸어. 효과는 이제 끊겼지만.)

오오, 그랬습니까. 하지만 그는 노아 아가씨의 신자가 아니었을 터인데.

신자는 마코토라 했던가. 그 소년으로 하면 됐던 것이 아닌지?

(안 돼. 그 아이가 활약하게 하는 건 좀 더 나중이야.)

호오, 아무래도 상당히 그 신자를 높이 평가하시는 듯하다.

노아 아가씨의 역대 사도에 대해 정령에게 들었지만, 옛날에는 강력한 마법사나 재능 넘치는 검사였을 터.

그들과 비교하면 그 정령사 소년은 허약하고 재능이 빈약한 듯했습니다만.

(후훗.)

노아 아가씨, 왜 그러시지요?

(타카츠키 마코토는 최고야.)

지금, 뭐라 하셨습니까?

(타카츠키 마코토는, 역대 최고의 사도야.)

"전혀 그리 보이지는 않았습니다만."

마법을 한두 번 쓰면 마력 고갈을 일으킬 정도의 마나량.

정령 마법도 아직 미숙하다. 그리고 거신족에게 덤비는 무모함.

저래서는 오래 살 수 없다.

(그 아이는 이 세계를 발칵 뒤집어놓을 거야. 두고 봐.)

키득키득 웃는 노아 아가씨는 아주 즐거워 보인다. 천 년 전, 노아 아가씨는 신자를 이용해 세계에 혼란을 불러왔다.

그때는 잘 안 됐다고 정령에게 들었습니다만.

(잘 알고 있네…….)

석화의 봉인을 당했어도 세계의 움직임은 정령들에게 들어 두었으니까요.

유일한 티탄 신족인 노아 님은 여러 가지로 애쓰셨던 듯하다.

결과는 그다지 잘 나오지 않은 듯하지만.

(지난번에는 실패했어. 하지만 이번에는 신중하게 진행할 거야. 올림포스의 빌어먹을 놈들이 울상을 짓게 해 줄 테니까.)

그 목소리에는 어두운 복수의 그림자가 도사리고 있었다. 그토록 증오스럽다는 목소리를 내실 줄이야.

그 귀여웠던 노아 아가씨가 일그러져 버렸다.

(흥, 나는 지금도 귀여워.)

그렇지요, 그렇지요. 티탄 신족에서 제일가는 여신으로 칭송받던 노아 아가씨입니다.

그 모습을 보면 인간이든 동물이든 악마든 매료당하겠지요.

그 소년도 신자가 될 때 모습을 보았다면 제정신으로 있지는 못했을 터.

분명 노아 아가씨밖에 생각할 수 없을 정도로 매료되었을 것이다.

(으음, 뭐, 그렇지…….)

노아 아가씨의 말이 시원스럽지가 않다.

"왜 그러시지요? 노아 아가씨?"

(아무것도 아니야. 그런데 할아범은 이제 어떡할 거야?)

저는 지금부터 세계를 돌아다니며 봉인된 동료를 찾을 생각입니다.

(응, 그게 좋겠어. 올림포스 신족에게 싸움을 건다 하더라도 준비는 만전으로 해야지.)

역시 아직 포기하지 않으셨나.

하지만 현재 상황에서는 단 한 명의 신자를 움직일 수밖에 없다.

그 단검을 만진 자는 일시적으로 조종할 수 있는 듯하지만, 대단한 일은 할 수 없을 것이다.

그러고 보니 그 소년의 동료를 강하게 만들라는 것이 노아 아가씨의 명령이었지요.

아까 봉인에서 풀려났을 때 몰래 지시를 받았다.

(그래. 잘했어, 할아범. 그 아이에게는 이미 가호를 내렸으니까. 다음은 동료를 강하게 만들어줄 수밖에 없어.)

상당히 응석을 부리게 하시는군요. 평소에는 신자를 날파리 취급했던 노아 아가씨가.

(실례잖아 그렇지 않아.)

흠, 뭔가 목적이 있다는 것이겠지요. 정작 중요한 그 신자에게는 아무것도 명령하지 않았지요? 일단은 노아 아가씨가 계신 해저신전을 목표로 하고 있는 듯합니다만.

솔직히, 그로서는 도달할 수 없는 게 아닌지…….

(괜찮아, 나한테 다 생각이 있으니까. 후후훗.)

정말로 새로운 신자 '타카츠키 마코토'인지 뭔지를 이야기할 때의 아가씨는 즐거워 보인다. 그러한 목소리는 처음 듣는다.

"신자에게 너무 이입하는 건 삼가 주십시오."

걱정된다. 설마 싶기는 하지만, 신자에게 반하거나 한 것은 아닐까.

(괜찮아. 나만 믿어.)

아무래도 심모원려가 있는 기색. 그렇다면 나는 그에 따를 뿐이다.

"건강하십시오, 노아 아가씨."

(부디 신중하게 행동해. 성신족 무리에게 들키지 않도록.)

그 말을 끝으로 노아 아가씨의 목소리는 들리지 않게 되었다.

그럼 나도 동료를 찾으러 가도록 하자.

◇ **타카츠키 마코토의 시점** ◇

"야아, 타키 공! 거신님은 멋진 분이시구려."

도시로 돌아가는 길. 후지양은 신이 나 있다.

"그러고 보니 주인님은 왜 거신님의 손가락을 받으신 거예요?"

"아, 그건 나도 궁금했어."

니나 씨와 내가 물었다.

"후후후, 이 거신님의 손가락은 어마어마한 에너지를 감추고 있는 마석이라오. 이 에너지만 병기로 사용해도 나라 하나는 멸망시킬 수 있소."

"어? 잠깐, 그거 위험한 거 아니에요?"

루시가 후지양에게서 사사삭 거리를 두었다.

"취급에 주의하면 괜찮다오. 야아, 이것 참 수확이 많은 모험이었구려!"

"그러네요. 저도 강력한 가호를 받았습니다."

후지양과 니나 씨는 싱글싱글 웃고 있다. 흘끗 루시 쪽을 보자.

"후후후홋."

루시는 거신 아저씨가 개조해 준 지팡이를 소중하게 끌어안고 있다.

조금 전 몇 번인가 땅 마법을 시험해 보았는데 상당히 편리한 무기가 된 모양이었다.

일단 마력을 넣으면 마법이 발동한다고 한다.

연비는 나쁜 듯하지만, 마력이 남아도는 루시와는 상성이 뛰어나다.

다들 만족스러워 보였다.

――나는 여신님의 단검을 바라보았다.

이번에는 어쩐지 여신님이 수상했지.

평소라면 미리 주의를 주거나 도망치라고 말해 주는데.

마치 타이밍을 잰 것처럼 직접 개입했다.

심지어 던전 안쪽에 있었던 건 여신님의 동료였다.

'일이 너무 잘 풀렸어.'

나는 신자 0명 여신님의 하나뿐인 신자다.

이건 최근에 알게 된 건데, 나는 여신님의 모습이 보이고 대화할 수 있다.

세상에선 그런 존재를 [사도]라고 부른다고 한다. 무녀도 사도의 일종이다.

사도는 신의 모습이 보인다.

사도는 신의 목소리가 들린다.

사도가 번민하면 신이 조언해 준다.

사도가 헤매면 신이 길을 보여준다.

사도가 기도하면 [가호]라는 힘을 준다.

좋은 일밖에 없다. 다만…….

――사도는 신의 명령에 거역할 수 없다.

[신탁]이 내려오면 목숨을 걸고 신의 명령을 수행해야 한다.

그런 규칙이 있다고 한다. 여신님은 말했다.

'강해지렴.'

'죽으면 용서하지 않아.'

'정진하렴.'

이건 [부탁]이다. 명령이 아니다.

나는 약하다. 스테이터스가 일반인 이하인 수습 마법사다.

지금의 나로서는 여신님의 명령을 수행할 수 없는 것이리라.

하지만 언젠가 확실히 밝혀질 것이다.

여신님의 진짜 [명령]이.
    소 원

——그리하여 나와 여신님의 이세계 공략이 시작되었다.

후기

처음 뵙겠습니다, 오사키 아이루입니다. 〈소설가가 되자〉에서 읽어 주시는 독자님께는 언제나 감사드립니다. 다양한 WEB 소설을 읽고 '나도 이세계 모험극을 써보고 싶어!' 라는 발상에서 시작해, 정신을 차려 보니 수많은 분들께 응원을 받고, 어찌어찌 서적 출간에 이를 수 있었습니다.

쓸 말이 없어서 소소한 이야기를 써 보겠습니다. 알아차리신 분도 많으시리라 생각합니다만, 작가는 작중의 네이밍이 대충대충이라. 첫 도시 맥캘란은 제가 제일 좋아하는 위스키 상표에서 따왔습니다. 마법 속성은 요일을 썼습니다. 참고로 어둠 마법이 달 속성인 것은 제가 겸업 작가로 본업이 직장 월급쟁이라서 그렇습니다. 직장에 다니는 사람에게 월요일은 어둠이잖아요?(편견) 하지만 주인공이 물 마법사인 건 수요일을 좋아해서가 아닙니다. 「수요일의 다○타운」(TBS 방송국의 예능 프로)은 좋아하지만요. 물 속성과 얼음 속성은 당하는 역할이 되는 경우가 많다는 인상이 있어서, 그렇다면 주인공으로 해 주마! 라는 비뚤어진 생각으로 정했습니다.

마지막으로. 편집자 Y 님, 다양한 조언을 해 주셔서 감사합니다. 일러스트의 Tam-U 님, 멋진 캐릭터 디자인에 깊은 감사의 폭풍입니다. 그리고 무엇보다 WEB판에서부터 응원해 주신 여러분께 크고 깊은 감사를. 앞으로도 본작을 즐겨 주시면 기쁘겠습니다.

신자 0명 여신님과 시작하는 이세계 공략 1

2022년 06월 20일 제1판 인쇄
2022년 07월 01일 제1판 발행

지음 오사키 아이루
일러스트 Tam−U

옮김 박수진

발행 영상출판미디어(주)
등록번호 제 2002−000003호
주소 21315 인천광역시 부평구 부평대로 283 A동 702호
전화 032−505−2973(代) | FAX 032−505−2982

ISBN 979−11−380−1662−9
ISBN 979−11−380−1661−2 (세트)

 노블엔진(NOVEL ENGINE)은 영상출판미디어(주)의 라이트노벨 및 관련서적 브랜드입니다.